STEM 少年偵探團

5 地獄火海的紅色惡鬼

總監修. STEM Sir
漫畫編繪. 多利
原案. NOVELLAND

STEM Sir序言

漫畫總監修
STEM Sir
（鄧文瀚老師）

二零一八年七月香港書展，《STEM少年偵探團》第一期《STEM Sir的挑戰書》誕生，到第五期《地獄火海的紅色惡鬼》於二零二四年七月香港書展出版，六年內連同特別篇合共六本小偵探漫畫，當中第三期《海洋的神秘祭典》和第四期《垃圾王國的公主殿下》更獲得「十本好讀」的獎項，成果真是得來不易，全賴整個製作團隊的努力。

這六年來，我走訪過超過三百間中小學，講座內容主要圍繞著「STEM與閱讀」，每次都會見到喜愛《STEM少年偵探團》系列的同學，而且人數比喜歡STEM Sir本人的多。在每場講座中總有不少同學會不斷追問何時出版新一期漫畫，可見同學們對四位小偵探是極度熱愛的。真心多謝每一位讀者多年來的支持，不論是同學們、家長們、老師們或是讀者們，只要是喜愛小偵探的，都會在香港書展期間入場與我們共聚，由第一期到第五期，一路見證著小偵探們陪伴著大家成長。

在此，要多謝不同機構和人物為《STEM少年偵探團》系列提供專業意見、支援及協助。第一期：香港醫學博物館和時任館長董嘉欣小姐；第二期：時任香港天文台台長岑智明先生、香港天文台及香港大學物理系；第三期：香港海洋公園；第四期：郭灝霆先生、蕭欣浩博士、香港單車館及將軍澳循道衛理小學；第五期：鐘聲學校。因為有這些專業支援，所以豐富了《STEM少年偵探團》系列的香港地區特色，同時又增添了不少本土人情味。

本期是《STEM少年偵探團》的最終章，小偵探們都畢業了。他們融會貫通運用知識的技巧，都已經透過漫畫故事中傳授給每一位讀者。只要大家多閱讀、多思考、多動手做，甚至出外走走，就會發現STEM是無處不在，而且更早已在大家的身邊。雖然如此，我作為一位跨媒體教育家，當然會繼續帶著邊走邊學、勇於挑戰的精神，跳進另一個有趣的故事空間，培育STEM新學員成為「A+特攻」，延續未完的香港十八區之旅，為大家發掘STEM新元素。

● 感謝鐘聲學校全力支持《STEM少年偵探團》，退休的王校長和現任的賴校長皆不遺餘力推行STEM教育。

萬眾期待

STEM少年偵探 歷險故事

最終章

5

地獄火海的紅色惡鬼

STEM Sir總監修
睇漫畫 學STEM

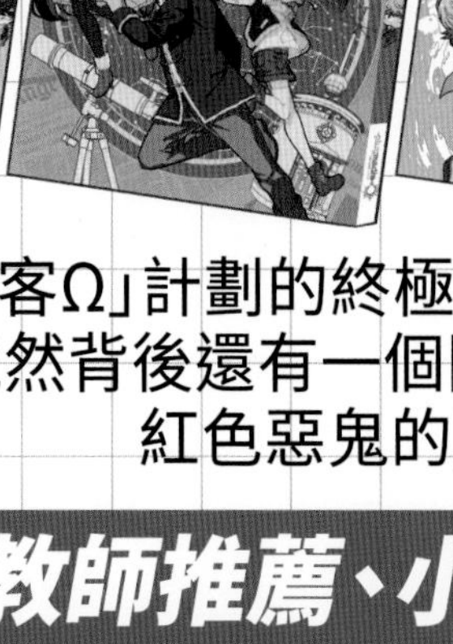

揭開「怪客Ω」計劃的終極目的
竟然背後還有一個隱藏秘密
紅色惡鬼的真正身份，是正是邪？

全港教師推薦、小學生最愛書籍

1-5期全套公開發售

天文・科普・文藝 **創新領域**

各大書店、Playit.hk網站同步發售

CONTENT

故事

1 地獄火海的紅色惡鬼 005
2 消失的畫作 026
3 向日葵的記憶 046
4 Ω的無盡迷宮 074
5 怪物的去向 102
6 屬於自己的畫布 118

小百科

1 大自然中的美麗數學 024
2 鳥類視覺・AI植物辨識 044
3 變色術與科技應用 072
4 紅葉中的STEM 100

其他

1 STEM Sir序言 002
2 智慧老人留言 139
3 出品人後記 140
4 漫畫繪師後記 141

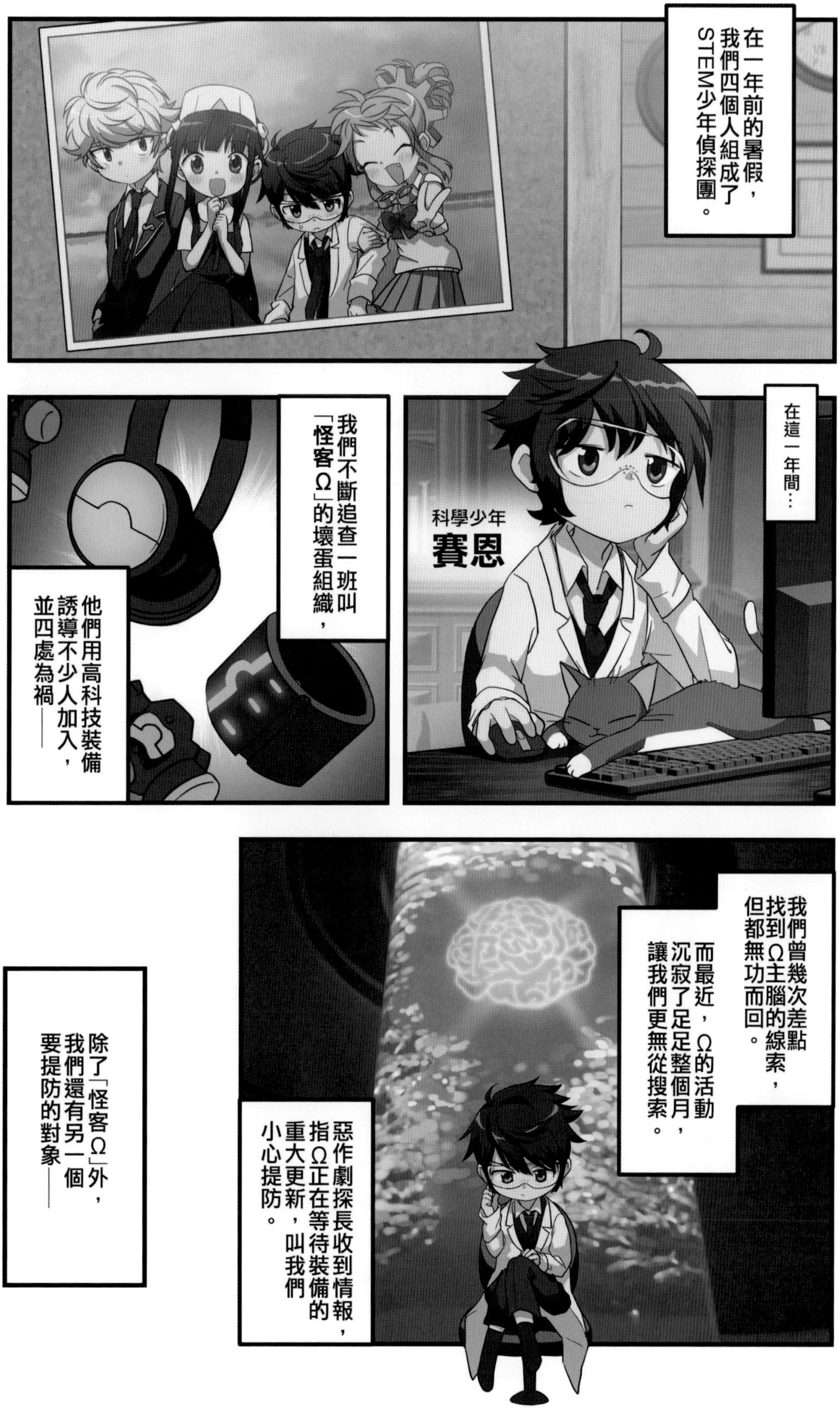
在一年前的暑假，
我們四個人組成了
STEM少年偵探團。
在這一年間……
科學少年
賽恩
我們不斷追查一班叫「怪客Ω」的壞蛋組織，
他們用高科技裝備誘導不少人加入，並四處為禍——
我們曾幾次差點找到Ω主腦的線索，但都無功而回。
而最近，Ω的活動沉寂了足足整個月，讓我們更無從搜索。
惡作劇探長收到情報，指Ω正在等待裝備的重大更新，叫我們小心提防。
除了「怪客Ω」外，我們還有另一個要提防的對象——

「紅色惡鬼」Akki——
不知是敵是友，藏著Ω重要線索的神秘女子。
「請偵探團找到Ω的神秘圓球，
來交換她所知的Ω情報。」
這就是上次見面時，我與紅色惡鬼立下的約定。
圓球裡的東西是甚麼？Ω的真正目的是甚麼？
這些問題一日未解答，我都總有一種危機四伏的感覺在身邊。
當時，紅色惡鬼只留下了一句——

那是…
一段很重要，但我卻記不起來的回憶。

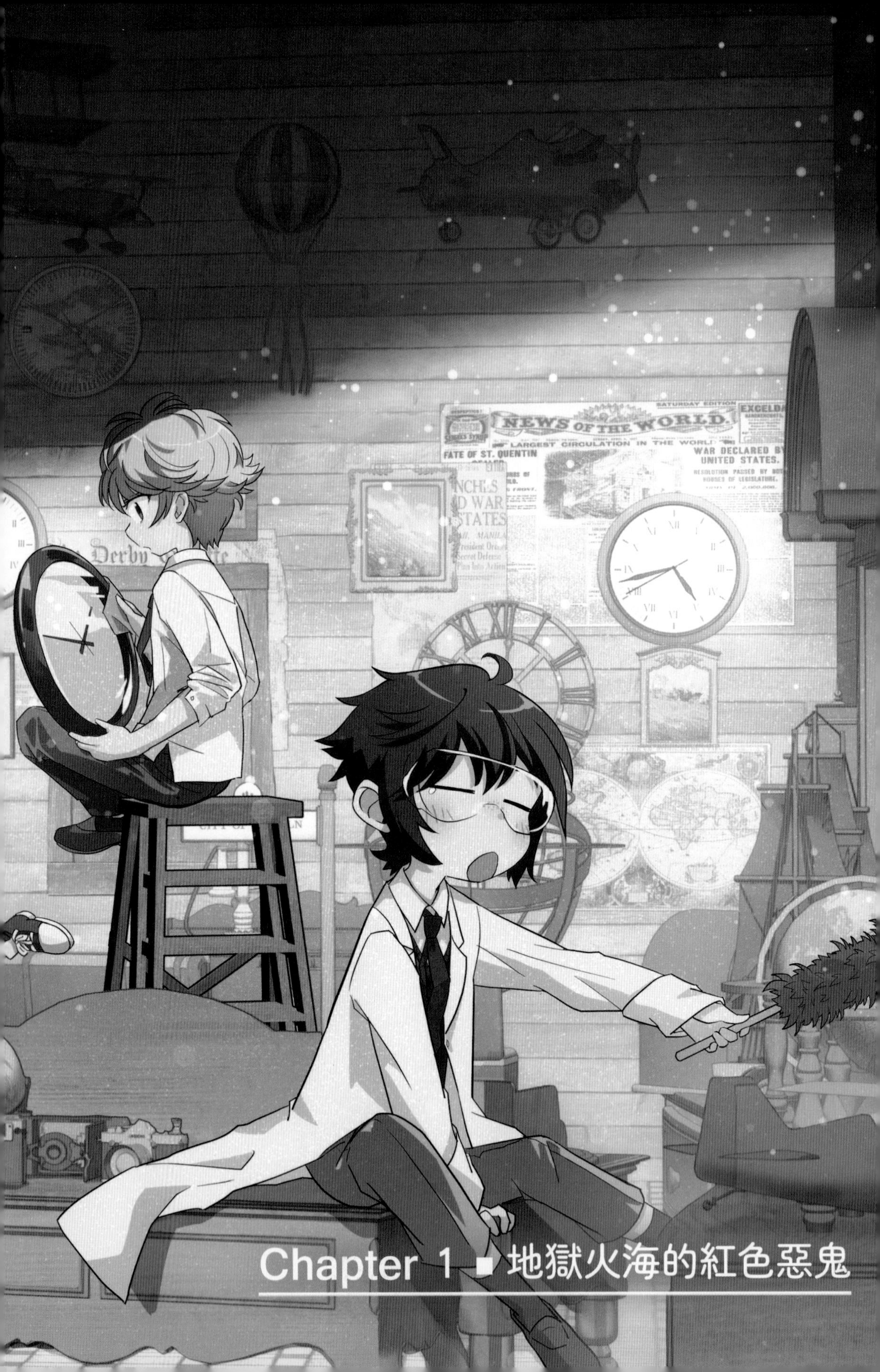

Chapter 1 ■ 地獄火海的紅色惡鬼

PORTOBELLO
ROAD, W.11
ABBEY
ROAD

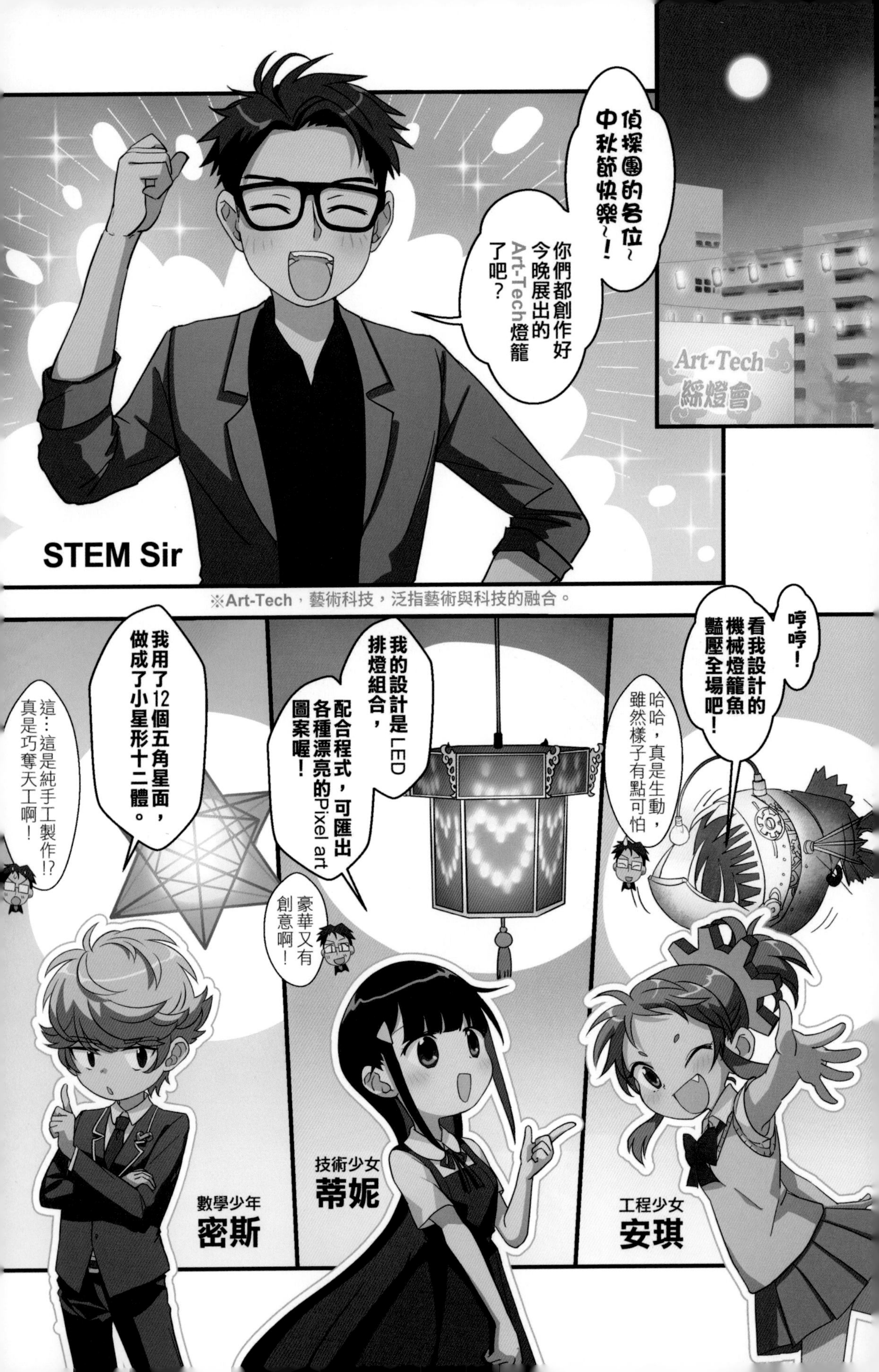
Art-Tech
綵燈會
偵探團的各位~中秋節快樂~！
你們都創作好今晚展出的Art-Tech燈籠了吧？
STEM Sir
哼哼！看我設計的機械燈籠魚豔壓全場吧！
哈哈，真是生動，雖然樣子有點可怕
工程少女
安琪
我的設計是LED排燈組合，配合程式，可匯出各種漂亮的Pixel art圖案喔！
豪華又有創意啊！
技術少女
蒂妮
我用了12個五角星面，做成了小星形十二體。
這…這是純手工製作!?真是巧奪天工啊！
數學少年
密斯

※Art-Tech，藝術科技，泛指藝術與科技的融合。

大家都很用心製作呢！
小賽，你的呢？
這是賽恩的作品？
詭異~
傳統的燈籠居然散發著藍光…真是奇異的感覺呢！
我倒是覺得像鬼火，不太吉利呢。
唔？
冒煙…
哇啊！！！
小賽那傢伙…居然直接把紙燈籠套在本生燈上面…!!
這個季節風高物燥，很危險啊！
滋滋…
*極危險！切勿模仿！
溜之大吉~

火滅了
呼~~
有時真不明白賽恩這傢伙腦瓜裡到底長甚麼東西？
甚麼鬼Art-Tech展覽嘛，無聊死了。
科學和藝術這樣混起來有意義嗎？
你覺得很無聊嗎？
其實那個本生燈籠構思還蠻有趣的，
不過可以好好改良安全性啊。
STEM Sir，哄小孩的讚美就不必了。

藝術並不是你想像般無聊呢。
它說不定可以幫助那些有述情障礙，難以識別自己和他人情緒的孩子。
述情障礙？我嗎？
你討厭被逼參加這活動，卻沒法好好表達，所以才搞破壞吧？
……
你有擅長追尋事物原理的邏輯能力，是很棒的天賦。
但也因為這樣，怎樣與他人好好作出情感的交流，
對現在的你來說可能像外星一樣難以理解。
資料足夠的話，外星還比較好理解。
哈哈哈

※述情障礙 Alexithymia，目前被視為一種人格特質，指難以分辨及理解自己和其他人的情緒。

要是能借助藝術改變就好了。
沒用的。
我分辨不到甚麼東西美，也不懂得把東西做得美有甚麼作用。
你這麼討厭藝術？
與其説討厭，不如説：我覺得這是和我無關的東西。
藝術品甚磨的，主要功能是有錢人儲存和交易資產的載體吧。
哈哈哈
藝術…
是把我們的情感梳理，與別人共鳴的過程。
它讓我們可以更深刻地理解自己和與他人分享自己的世界，發掘萬物中隱藏的價值。
我還是不怎麼明白。

這是朋友給我的，兩星期後在劇院舉行的藝術展門票，
送給你。
……
STEM Sir，我都說…
我不懂藝術啊，你給的門票只會浪費…
你有天份的，試試把藝術當作一門新學科探索吧！
說不定可以助你解開你想不通的謎團哦。
兩星期後見。
……

*賽恩家
藝術是情感表達的方法…？
可是，一件藝術品會使每個人心目中有不同的想法吧？
它不像科學那樣有可重複性，真的可以準確傳遞想表達的內容嗎？
*來打掃的安琪
小賽，我說你啊……
你的實驗袍也是時候洗一洗了吧。
%$%^#%$%^
嬰兒等級的情感表達…
這就是STEM Sir所說的述情障礙嗎？
該不會…我這輩子也要當他的情緒翻譯員吧？
擔心

唉，算了，
實驗袍是他爸爸唯一留下來的東西，
也難怪他特別珍視…
嗯？
小賽你…
居然真的在看名畫展的資訊!?
我還以為你會像以前一樣無視這種沒報酬的活動呢！
嗯…該怎麼說呢？
看著這些票，想起那晚的對話，總覺得自己應該嘗試一下…
要不要一起去…咦？
感動

畫展當日
元朗劇院
當代美術展
我還是第一次看名畫的藝術展覽呢！
今次是第一次由小賽主動邀約的活動，一定要留下超棒的回憶！
安琪有這麼喜歡看這種展覽嗎？
大家都到齊了吧？
入口這邊！
這個展覽有甚麼注目的作品嗎？
我看看場刊…
當代美術展
最注目的作品，
居然是一幅未完成的畫作？
甚麼？
未完成也這麼厲害？

已故的「魔窟女畫師」，日籍藝術家赤山仁美。
她常以怪物為主題作畫。特別之處是，她的畫作會以印象轉換的方式⋯
把現實世界畫成栩栩如生的怪物。帶來現實與魔幻交錯的奇妙氣氛。
她過世前一年定居元朗，期間的作品許多都以元朗作為藍本，特別適合是次展覽。
今次將展出她的三幅完成作品，以及臨終前無法完成的一幅遺作。

原來如此。
對比今日已城市化的元朗，很多值得懷念的鄉郊情景已面目全非。
將元朗景物留在畫作裡，並在元朗劇院展出，特別有意義呢。
…怪物和……
無法完成的遺作…
可是，把現實畫成怪物，不會很可怕嗎…？
進場看看就知道了吧！
安琪是把這裡當成遊樂場的鬼屋了吧…

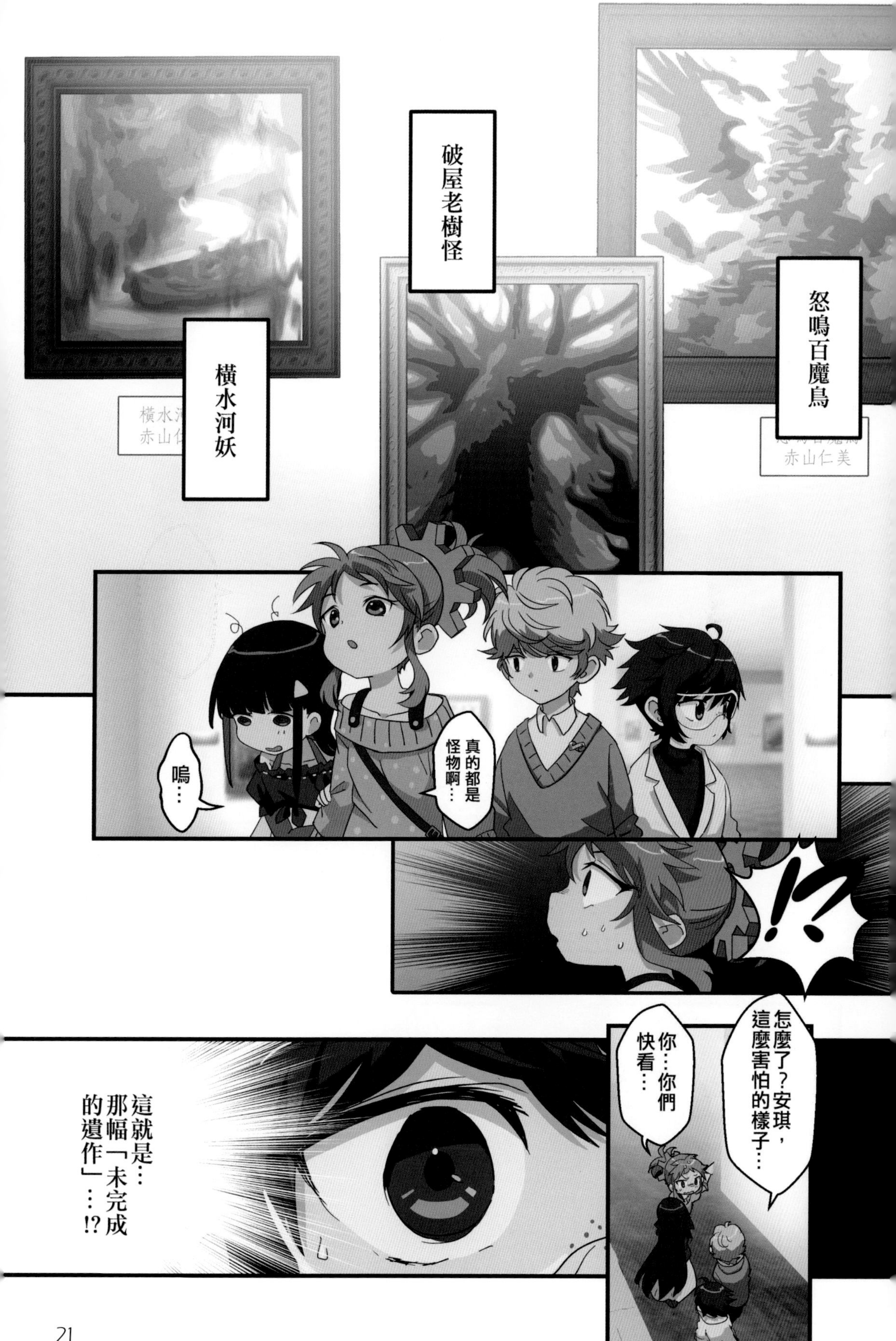
怒鳴百魔鳥
赤山仁美
破屋老樹怪
橫水河妖
真的都是怪物啊……
嗚……
!?
怎麼了?安琪，這麼害怕的樣子……
你…你們快看……
這就是…那幅「未完成的遺作」…!?

「地獄火海的紅色惡鬼？」
…這不會是巧合吧？
畫裡的人…不就像…

!?
拍刷
停…停電？
快開啟後備電源！
喂，怎麼回事？
為甚麼會突然停電啊…？
後備電源30秒後就會啟動，
請各位稍安毋躁！
拍刷
!!
畫作…
消失了!!
Chapter 1 -完-

第一回 大自然中的美麗數學

我們學習繪畫和美術，以及攝影構圖都會提到「黃金比例」，這個經常出現在美術作品的螺線圖案，其實是和一個像魔術一樣的數學算式有關……除了美術外，它還隱藏於大自然之中。

斐波那契數列 (Fibonacci Sequence)

意大利數學家斐波那契 (Leonardo Fibonacci) 在1212年出版的《算盤全書》中介紹了一個從1開始，每兩個數字相加得到下一個數字的數列，即「斐波那契數列」。數列如下：1、1、2、3、5、8、13、21、34、55、89、144、233……

意大利數學家
里奧納多・斐波那契
(Leonardo Fibonacci)

斐波那契數列中的數字除以下一個數字的結果約為0.618，例如：

- 34 ÷ 55 = 0.618
- 55 ÷ 89 = 0.618
- 144 ÷ 233 = 0.618

斐波那契數列中的數字除以前一個數字的結果約為1.618，例如：

- 55 ÷ 34 = 1.618
- 89 ÷ 55 = 1.618
- 233 ÷ 144 = 1.618

這些比率0.618和1.618被稱為黃金比例，基本值「0.618:1」及「1:1.618」更被認為是世界上最美的均衡比率，廣泛應用於繪畫和建築。

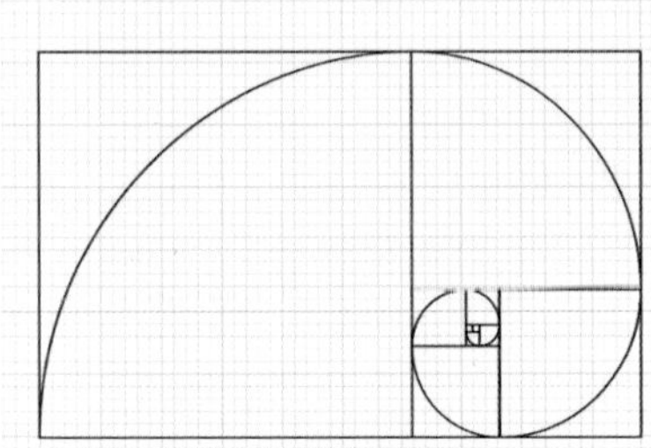

● 由黃金比例衍生出的黃金螺線。

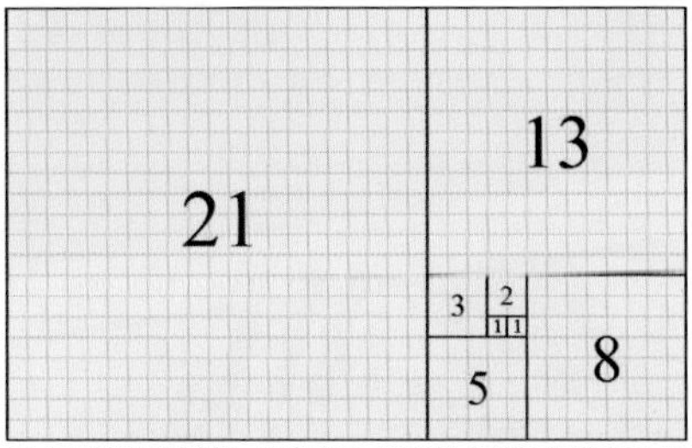

● 以「費波那契數」為邊的正方形拼成的近似的黃金矩形（1:1.618）。

意大利博學者及藝術家
李奧納多・達文西
(Leonardo da Vinci)

● 名畫《最後的晚餐》也是套用了黃金螺線。

在名畫家李奧納多・達文西 (Leonardo da Vinci) 的作品《蒙娜麗莎》和《最後的晚餐》中，都運用了這黃金比例。

●《蒙娜麗莎》畫像套用了黃金螺線。

大自然中的黃金比例

在大自然中有許多植物的生長方式，都似乎隱藏了斐波那契數 (Fibonacci Numbers) 的結構，例如：花朵的花瓣數目、樹葉的葉序 (Leaf Arrangements) 以及花朵的花序等……

而在大自然中，許多植物的生長方式包含「斐波那契數」的結構，如花朵的花瓣數目、樹葉的葉序、花朵的花序等。在向日葵，即「太陽花」上就湊巧地看到有趣的數學。

● 大家看到的一「朵」向日葵，原來向日葵的結構與一般花不同，正常的花朵外面是花瓣，裡面是花蕊，而向日葵的花瓣和花蕊都是小小的一朵花。

向日葵上還有數學題

近距離觀察向日葵，會發現向日葵籽按一定規律排列，可以根據向日葵籽的位置，畫出一條螺旋線。

● 這條螺旋線和數學上的黃金螺線是吻合的，這種排列方式使向日葵在相同面積下容納更多小花，經過長期演化，向日葵小花的排列方式越來越接近螺旋線。

● 向日葵其實是由很多小花組成，稱為「向日葵籽」，這種密集排列的結構形成「頭狀花序」。因此，若果有需要送人999朵花，送一「朵」向日葵就足夠了。

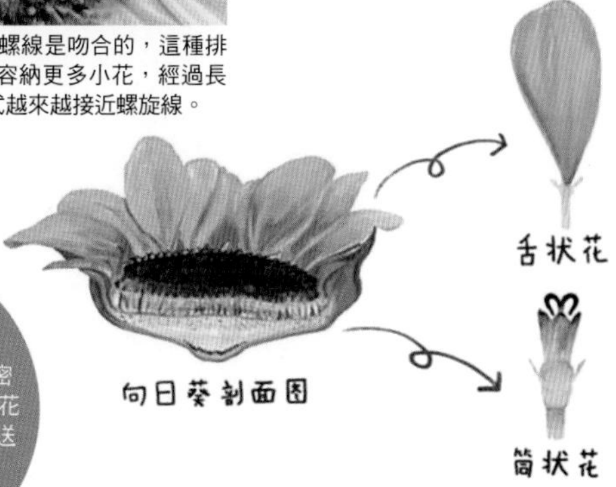

舌狀花
筒狀花
向日葵剖面图

向日葵中的黃金角度

只要觀察向日葵籽，會發現由兩組螺線排列，一組順時鐘、一組逆時鐘旋轉。科學家根據這些向日葵籽成長的先後順序，研究它們繞著一條以137.5度角旋轉的螺線生長。

剛巧，把圓周360度以黃金比例分割，360×0.618 = 222.5，就把圓形分成137.5度及222.5度兩個部分。因此，137.5度就被稱為黃金角度。

科學家發現，植物的葉和果實以這種接近「137.5度」生長方式，可以最有效益共享一個平面，這種生長方式可使葉子最少重疊、得到最大透光，有利於生長和吸引昆蟲授粉。

137.3度
137.5度
137.6度

● 如果散發角度稍微偏離，如137.3度或137.6度，就會出現明顯的縫隙。

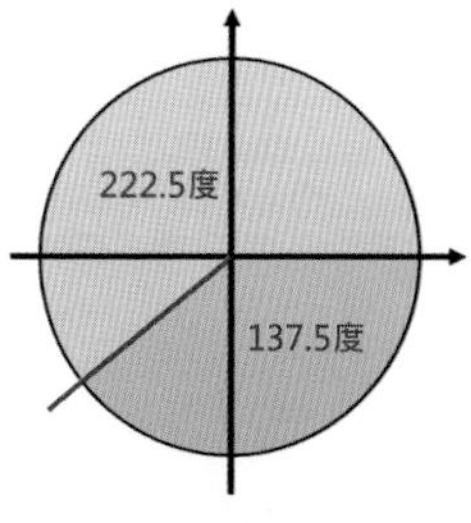

222.5度
137.5度

總結

人類對萬物是充滿著無窮盡的好奇心。以上的數例與黃金比例等都是數學家及科學家通過觀察和推論，解釋自然界的規律，連繫黃金比例的美麗錯覺，這也成為了許多藝術創作者的參考。

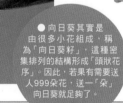

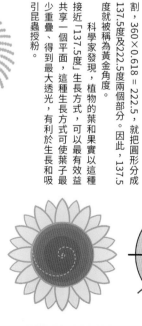

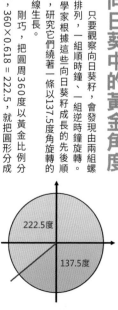

Chapter 2 ■ 消失的畫作

嗡嗡嗡
警察！
任何人等不得移動案發現場物品！
HONG KONG POLICE WARRANT CARD
LAU KIN YI
PLAINCLOTHES POLICE
POLICE
警探
劉Sir
惡作劇探長劉Sir！
咕…別再那樣叫我！
我已不查惡作劇了！現在我已經升職！
成為專調查盜竊案的…
大盜探長！
哇…好像變得可靠許多了啊…！
嘴上說得這麼威猛，一直查的都是失竊的零食或玩具…
Lau
我的筆記本！

劉Sir，你一定要尋回被偷走的畫作！
它是由收藏家借出的，市值可達數十萬！
展覽負責人
王先生
包在我身上！
哼哼！聽見了吧？證明我已經升價萬倍了！
居然因為失竊品價值高而囂張，
果然仍是個傻瓜探長…
那麼…先說明一下事發經過吧！
是這樣的…
嗯…根據你們的口供，
剛才畫作就是正正在偵探團你們眼前被偷的嗎？
Lau

因…因為剛才突然漆黑一片…
難道劉Sir你在怪責我們放跑犯人嗎！
不…我只是覺得太巧合而已…
……
…不是巧合。
你們看看牆上留下的訊息。
這奇怪的公式，你們有似曾相識的感覺嗎？
這是…？
這是犯人向我們四人下的挑戰書啊。

對了！這跟紅色惡鬼過往留下訊息的手法完全一樣！
不用調查了！畫作一定是那女人偷的！
而且……畫作上的紅髮女孩，也跟紅色惡鬼非常相似，事件一定和她有關。
也不排除是怪客Ω成員搞的鬼啊。
說到謎題，也是他們的常用技倆。
……
如果先假定以上幾人作為疑犯，
那麼這算式暗號，又是要你們「解謎然後來抓我」的意思嗎？

「3不等於5」，是甚麼意思啊？
嗯……………
……
完全摸不著頭腦！
我也是。
連密斯也？
……
三…是餘下畫作的數量嗎？
那…我們不如先到畫作中的場地找找看？
唯有這樣了！反轉這些地方也要把那犯人找出來！
嗯！
劉Sir…你真的要讓這些孩子加入調查？
不安
不安
放心吧，他們一直是我的得力助手！
到底誰是誰的助手啊…

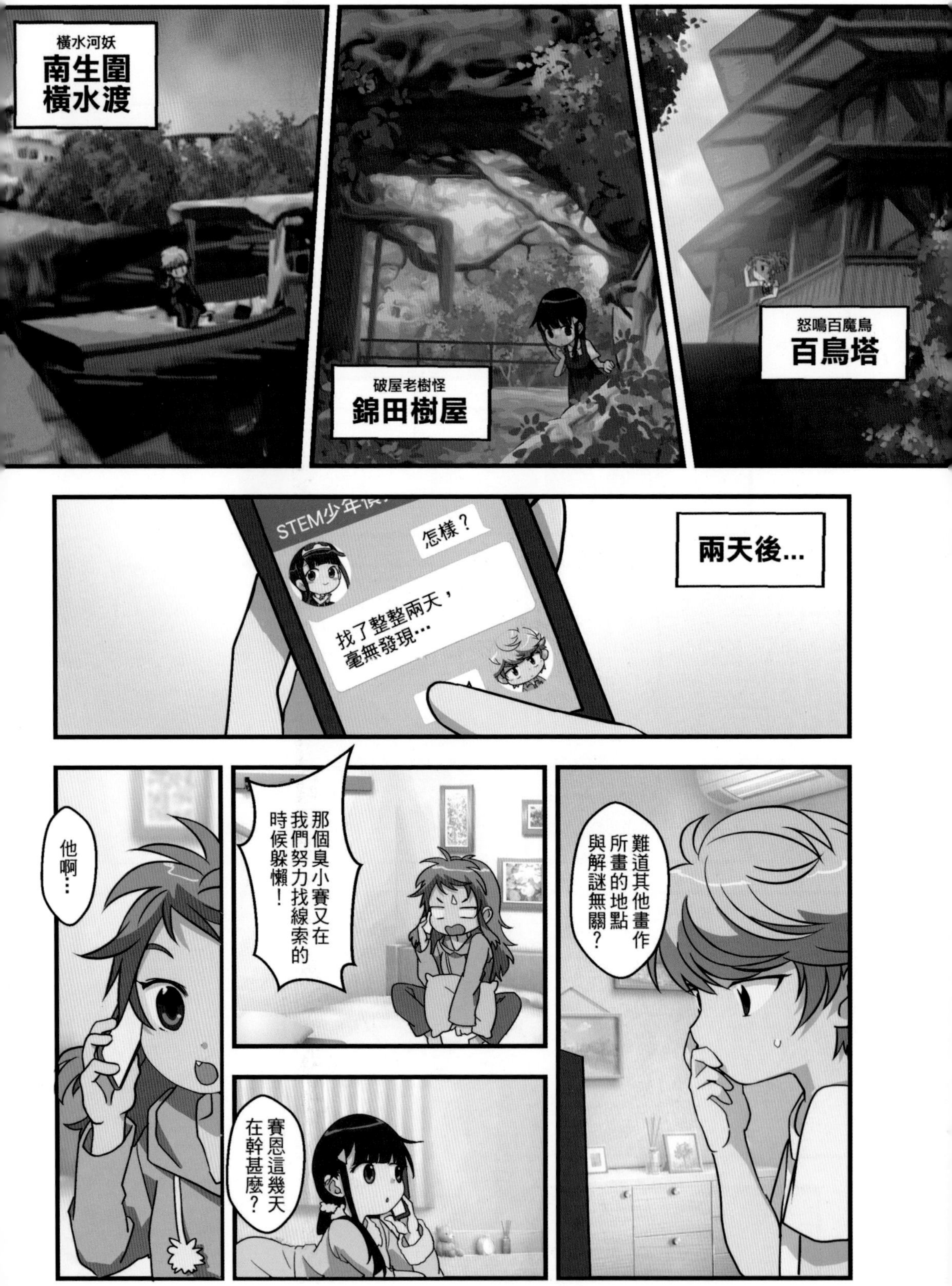
橫水河妖
南生圍
橫水渡
破屋老樹怪
錦田樹屋
怒鳴百魔鳥
百鳥塔
兩天後...
STEM少年偵
怎樣？
找了整整兩天，
毫無發現…
難道其他畫作所畫的地點與解謎無關？
那個臭小賽又在我們努力找線索的時候躲懶！
他啊…
賽恩這幾天在幹甚麼？

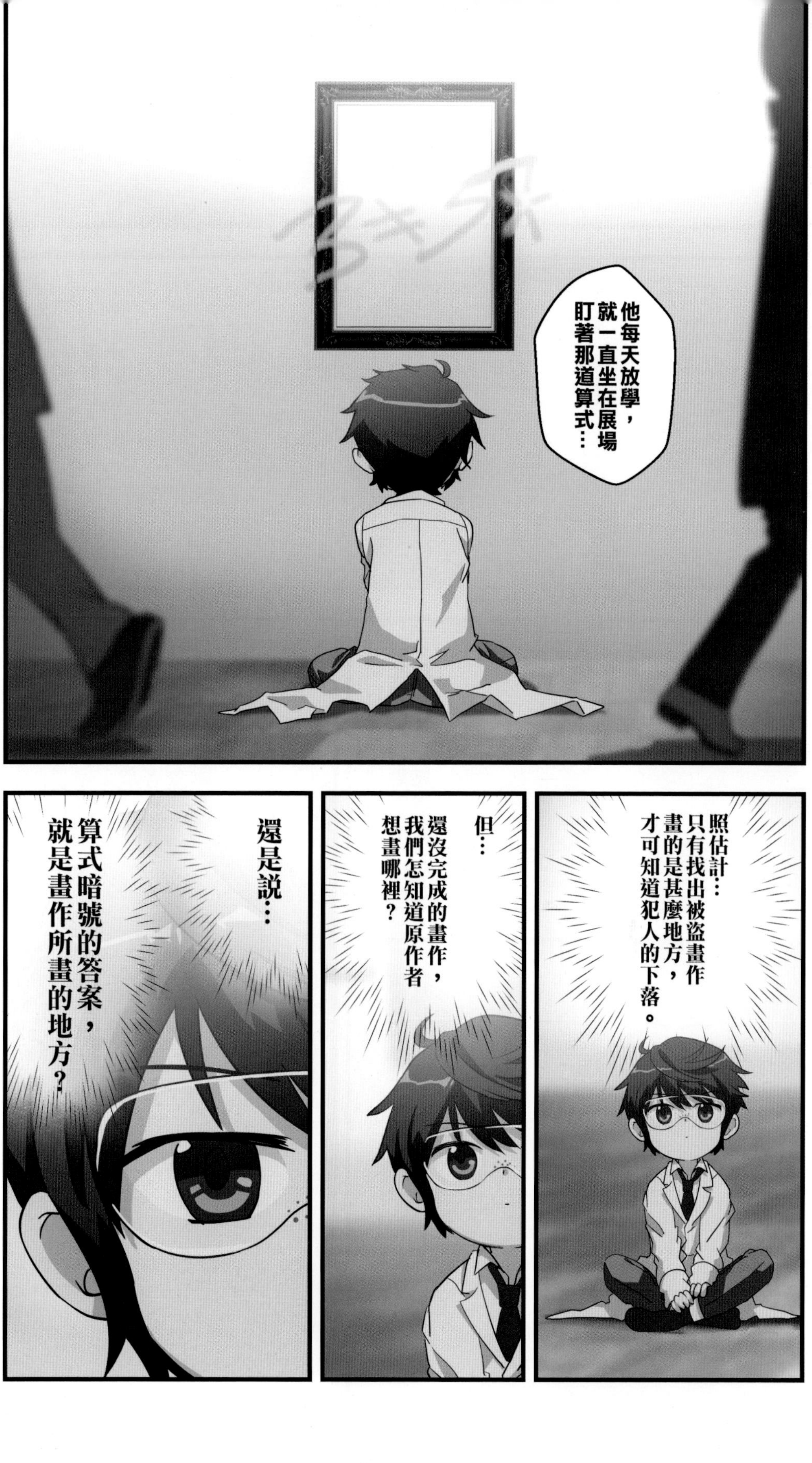
他每天放學，就一直坐在展場盯著那道算式⋯
照估計⋯只有找出被盜畫作畫的是甚麼地方，才可知道犯人的下落。
但⋯還沒完成的畫作，我們怎知道原作者想畫哪裡？
還是說⋯算式暗號的答案，就是畫作所畫的地方？

看來今次也考起我們的天才小偵探了呢。
卑鄙的怪客Ω…！
「3不等於5」，其實是怪客Ω和我由童年至今都未能解開的謎題。
明明自己都不知道答案，卻把無解的謎題丟給偵探團作為挑戰書…！
還是說…Ω要挑戰的對象…其實是我？
是要和我比拼誰能在最後得到畫作嗎…？

賽恩~
你們都來了？
怎樣？零分。
甚麼怎樣，我在思考連第一名都逃避的謎題啊。
嗯……？
？怎麼了？
我說……
先不管「3不等於5」那算式，牆上還有一個「＊」符號的記號吧？
它的顏色…是不是跟之前不同了？
!?

真…真的啊！
對吧？第一天是很鮮明的沙黃，現在變成了褐色啊！
展場的燈光有盡量維持不變。顏料的飽和度的確是隨時間降低了！
對比旁邊沒有變色的數字，就很明顯了！
我每天盯著看，反而看不出它的變化…
嘿
執事，這是…
光敏感變色顏料。

一般顏料都會因氧化或而緩緩變色，只是人眼感知有限。
當光敏感顏料暴露在特定光線下，則可通過改變化學物質結構來實現特定的變色時間。
找到了！特地用特殊的顏料，這一定是提示！
現在就剩下解讀「土黃變成褐色的*號」當中的含意…
「*號」可以有很多意思啊…
是數學上的乘號？
文章中的標註符號？
星星？
花朵？
嗯——

向日葵…
剛才的聲音是…誰？
？

向日葵…？
是梵谷的向日葵！
這*是花的意思！
梵谷…？
梵谷的向日葵，採用了來自礦物「鉻鉛」中的金屬元素「鉻」製作而成的鉻黃色顏料。
它的特點是會隨著時間逐漸轉為暗褐色，使梵谷的向日葵與真實的花朵一樣，會隨著時間而凋零。
是這個了！
這才是挑戰書藏著的真正提示！
那我們快去向日葵園吧！
這次一定要找到犯人和被盜的畫作！
……
不小心說漏嘴了。

感謝你們發現提示了，
少年偵探團。
不過接下來，
我可不能讓你們
到達目的地了。
最後會得到
畫作的人…
是我！
向日葵？
向日葵園
現在已是
10月尾，
向日葵的花季
已經過了呢。
唉——
!?
你們要不要來
點黃百合？
也很漂亮哦！
百年好合啦！
小哥買點來
送小姐吧！
……

可惡⋯
又猜錯了嗎⋯
剛才我們四處搜過，也沒有甚麼發現⋯
老闆！請問這附近哪裡還有向日葵？
⋯⋯
那麼堅持要向日葵呀？
以前的話，後山還有一片啦，現在已經沒有了。
唉⋯⋯
對了，那邊以前還有一間孤兒院來著，
名字好像就叫⋯
「向日葵之家」！
!!

請…
請告訴我在哪裏！
我有預感…
紅色惡鬼、怪客Ω和被盜畫作的秘密…
全都在那裡！
可是那裡…
現在只剩下一片雜草呀！
真懷念呢，「向日葵之家」。
果然全部痕跡都消逝了。

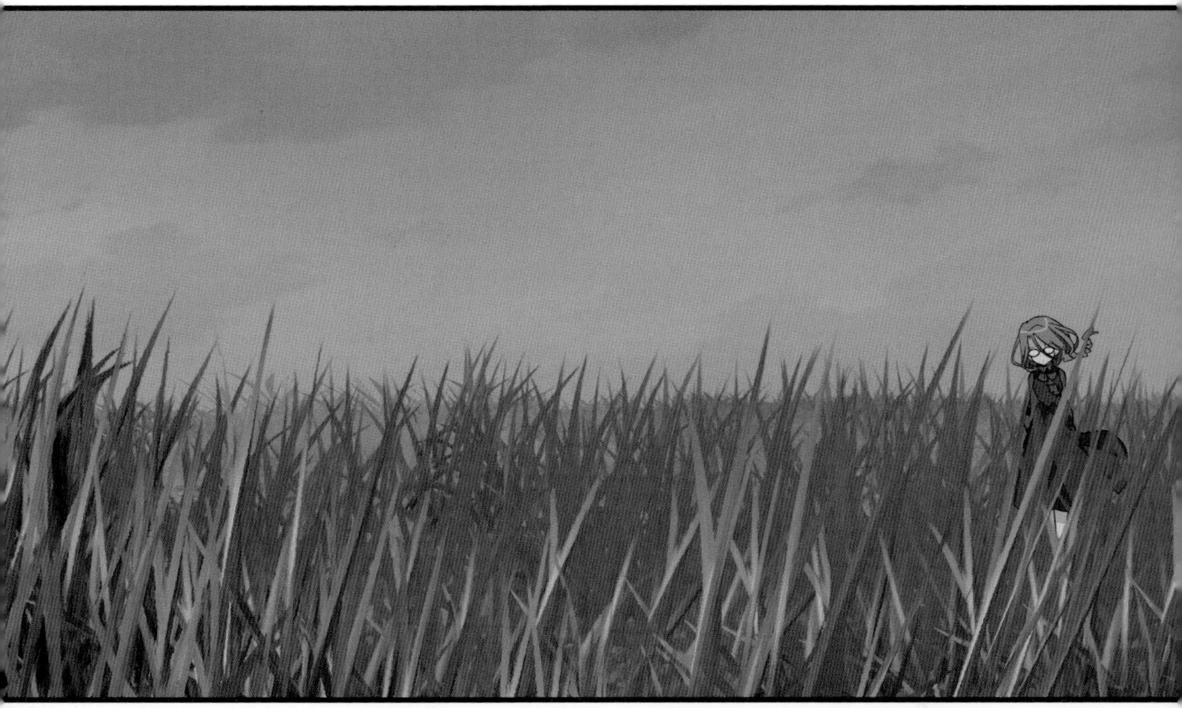

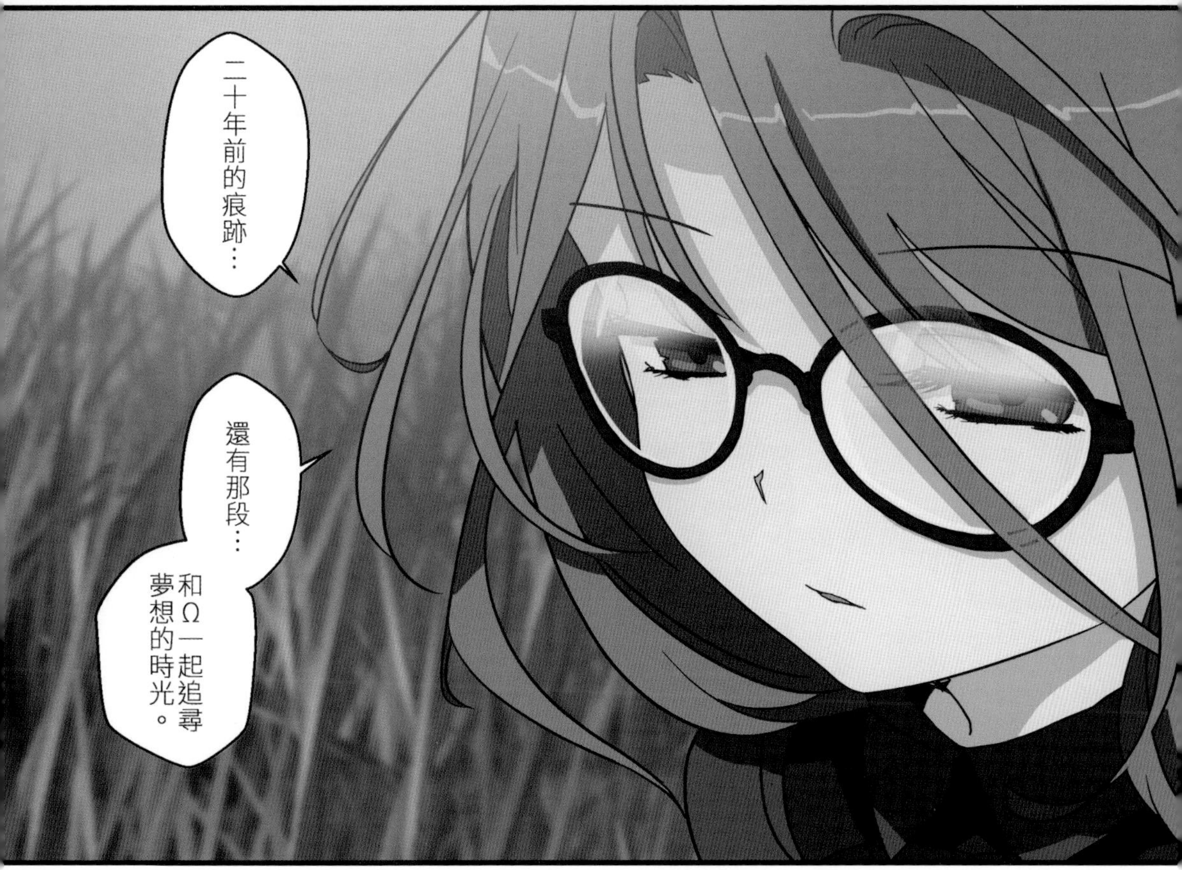
二十年前的痕跡⋯⋯
還有那段⋯⋯
和Ω一起追尋夢想的時光。

Chapter 2 -完-

第二回 鳥類視覺・AI植物辨識

人類從嬰兒時期開始學習，透過觸覺、視覺、聽覺、味覺和嗅覺辨識物體，逐漸發展出思考、學習和自我管理能力。原來鳥類能夠比人類辨識更多色彩，而AI也能辨識植物種類呢？

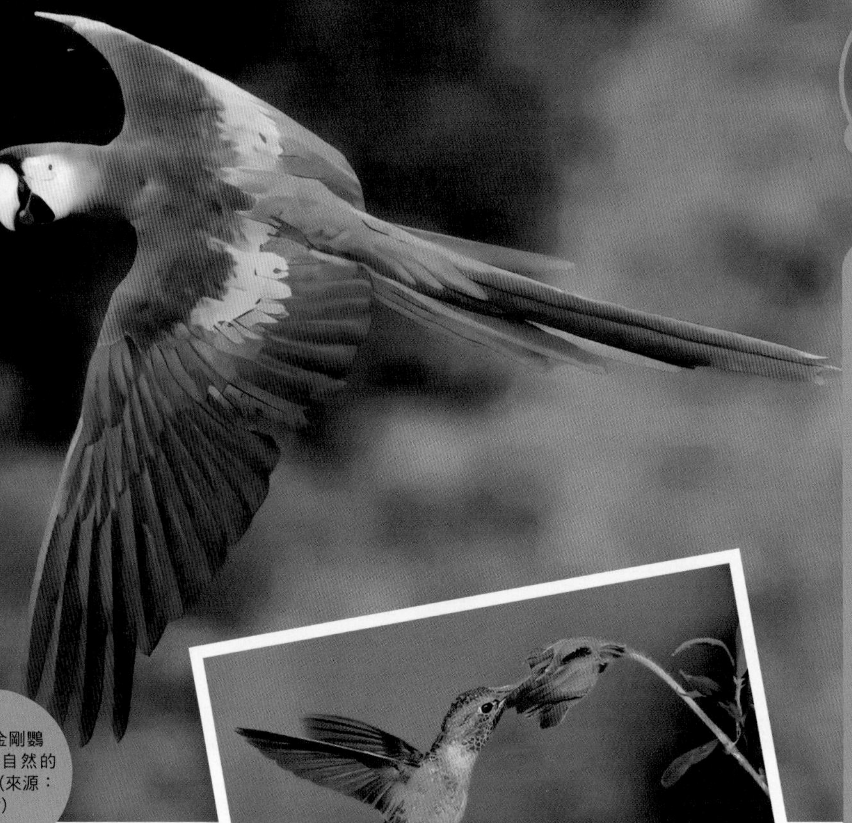

● 五彩金剛鸚鵡有如大自然的調色師。（來源：網上圖片）

● 蜂鳥能看到紫外線斑點，這幫助它們找到甜美的花蜜。（來源：維基圖片）

鳥類的色彩世界

你知道嗎？鳥類可以比我們人類看到更多的顏色！這是因為牠們的眼睛裡有四種色彩感受器，而人類只有三種。這能讓鳥兒看到我們無法看到的紫外線，在牠們眼中，世界變得更加繽紛。

這種額外的色彩感受器稱為「四色視覺」，使得鳥類的色彩感知更加多樣豐富。人類的視覺受限於紅、綠、藍三種顏色感受器，而鳥類則多了紫外線感受器，能夠看到包括紫外線在內的更寬廣光譜。

這意味著，在我們眼中看似平凡的羽毛，對於鳥類來說可能充滿了我們無法想像的色彩和圖案。一些鳥類則利用這種能力來辨識彼此，展示美麗的羽毛來吸引伴侶。

AI植物辨識技術

現代科技也在模仿大自然，AI技術已經能夠辨識植物。AI利用影像辨別感測器，通過拍照或相片檔案取得影像，並與植物數據庫進行比對，來識別植物的種類。這讓我們更加了解自然界，並能有效地保護環境。

【AI影像辨別感測】

現在大多數安裝在智能手機上的高清鏡頭，所拍攝的相片都能提供到高解像度的影像進行對比，只要安裝附有AI植物辨識技術的應用程式（如Google Lens），就能夠連接存放在雲端的植物樣本庫來辨識植物的名稱、類別、習性等相關資料。

植物辨識技術流程

在未有AI植物辨識技術的時期，我們需要使用植物圖鑑進行對照辨識。現在，只需拍攝並上傳植物照片，軟件即可顯示出該植物的名稱和相關介紹。準確率取決於「植物影像數據庫」的樣本數量和解像度，樣本庫越大、圖像越清晰，識別越精準。

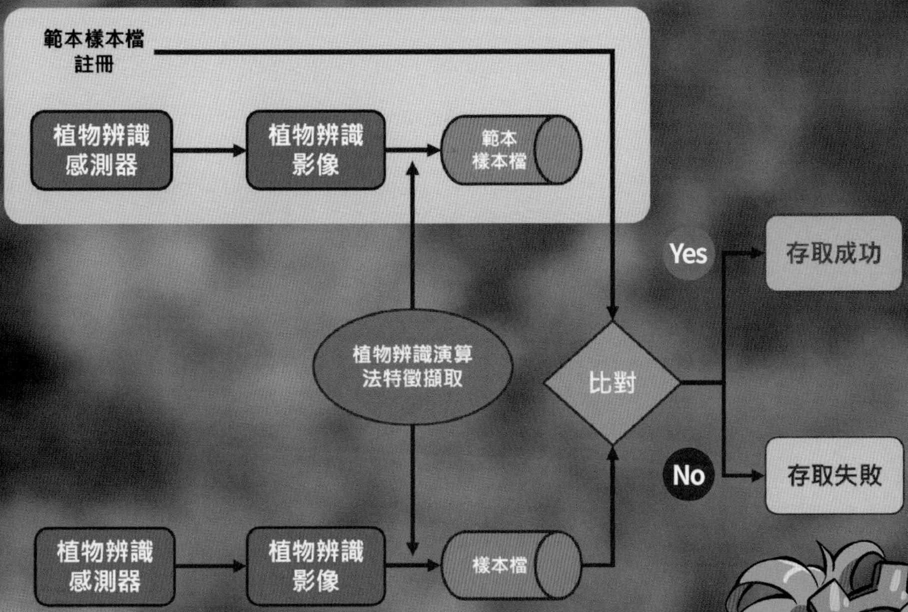

範本樣本檔
註冊
植物辨識
感測器
植物辨識
影像
範本
樣本檔
植物辨識演算
法特徵擷取
比對
Yes
存取成功
No
存取失敗
植物辨識
感測器
植物辨識
影像
樣本檔

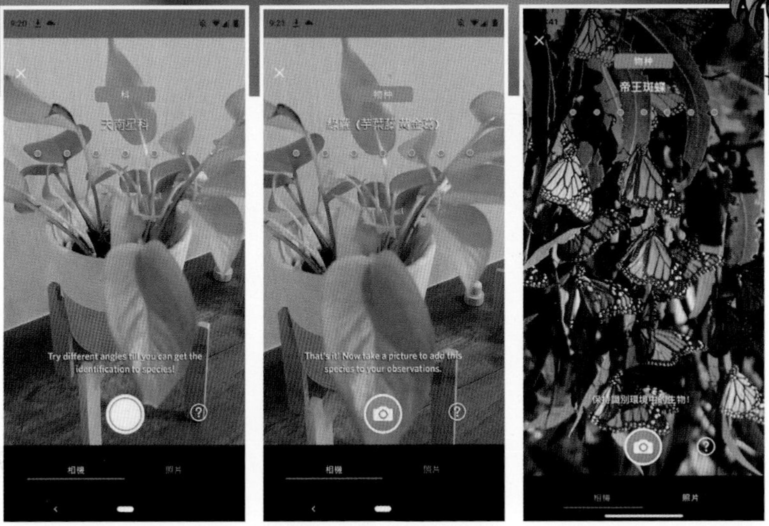

天南星科
Try different angles till you can get the identification to species!
相機
照片
That's it! Now take a picture to add this species to your observations.
相機
照片
帝王斑蝶
相機
照片

● 一些AI辨識程式還加入了昆蟲及動物的影像樣本，使得這些程式能辨識出各類生物，幫助學習者了解居住環境中的昆蟲草木及其介紹。

● 在農業應用方面，AI植物辨識技術能辨識害蟲，並觀察生物習性，如斑蝶的遷移天性。AI技術使得研究人員無需花費大量時間分辨各品種特徵，即可進行相關研究。

Naturalist
楓香
來源：Wikipedia
別名
更多資訊

總結

鳥兒教我們用不同的視角看待世界，而AI技術讓我們更好地理解和保護這個美麗的世界。所以，當你看到鳥兒在天空中飛翔時，記得牠們的視角是那麼特別。也要記住，你的特點同樣重要！

Chapter 3 ■ 向日葵的記憶

我生命中最早的記憶，
就在向日葵之家開始。
約二十年前，
我在一場火災中
喪失了母親，
還喪失了七歲前
的所有記憶——
當時我只知道自己是
有著「惡鬼(Akki)」這
名字的紅髮女孩。
在向日葵之家，
我交到了新朋友，
他是患有白化症，
很照顧人的Orion。
有了朋友後，
我們每天玩耍，
生活挺快樂。
覺得沒有以前
不幸的記憶，
也不是壞事。
直至那一天——

Akki—
你們在畫畫呀？
太陽伯伯是向日葵之家的創辦人，我們都最喜歡他了。
太陽伯伯，你回來了。
Akki，今天我想讓妳見一個人。
？
出來吧。
妳記得他嗎？
他就是我之前跟妳提過的——
妳的親哥哥啊。

火災後，因為他需要留醫更久，
所以比妳晚了半年來到向日葵之家…
哎？
躲
果然…
傷疤很嚇人是吧…
我們還是改天再見吧，Akki。
呃…
Akki，妳哥哥是個怎樣的人？
……我不知道…
我一點也不記得了…

嘿！你撞到我了！
你說甚麼？
難道不是你這肥豬太擋路了嗎？
哇！他長得好醜哦！
！
是欺負過我那班惡霸！
臭怪物！

滋——
嗚哇！這是甚麼？
我親自調配的刺激性噴霧。
我只是把它放在衣領內，是你自己把它按出來的。
別以為我不知道…
你們欺負我妹好像挺爽的啊？
來？繼續啊？
你…！
你走著瞧！
……原來他…一直在關注我，知道我被人欺負…
而且在保護我…
那個…

……謝謝……
還有……對不起。
哥哥。
自那天起，我就有了「唯一的親人」。

【Ω的視角】

作為Akki的哥哥，其實我知道，她害怕的並不是我的傷疤。
她害怕我的出現，會讓她回想起那些…她本來想忘記掉的回憶。
不論是火災…
還是失去媽媽的時刻…
我們的媽媽赤山仁美，是我見過的人當中最偉大的人。

她是著名的藝術家
赤山仁美。
我從小就知道，
她的畫作是多麼
不受世俗的束縛。
只有在媽媽的庇蔭下
我們才可以活得
自由又快樂。
我永遠不會忘記
火災之前，
我的額上還未有傷疤
時的幸福時光……
媽媽，我們
放學回來了！

你們回來啦。
怎樣？在香港的新學校習慣嗎？會不會掛念日本？
還好。
嗯？
哇噢！這次媽媽畫的也是我的怪物！
嘻嘻，你看出來了？
對了！媽媽妳知道嗎？
原來鳥兒可以看到人類看不到的顏色啊！
牠們有四種顏色的視錐，我們人類只有三種！
真的？那牠們眼中的世界一定很豐富！

※視錐細胞(cone cell)是視網膜上一種色覺感光細胞，因樹突呈錐形而名；由它形成的視覺信號復合後為人呈現了色彩繽紛的世界。

好，我們明天就去百鳥塔吧！一定會出現很棒的怪物！
今次也要描述給媽媽聽，讓媽媽畫出來喔。
嘿！我要看到超越人類視錐的彩色怪物！
我也要看怪物~
我深信「能看見怪物」的自己是特別優秀的，即使大人們常說牠們只是我幻想出來。

我知道自己是與別不同的。
但這種與別不同並不符合大人們的期望，也跟身邊的小孩格格不入。
當身邊的大人都要求我們要合群時，
只有媽媽總是為我們出頭，說：他們都是特別的孩子啊！
沒有媽媽的話，我們都會被壓成比「平庸」更差的小孩吧。
媽媽！Akki說她也見到怪物哦！
下次畫畫Akki的怪物吧！
真的嗎!?
不得了！
這將會是我嘔心瀝血的最高傑作！

當時的我，對Akki的怪物畫，比對自己的更加期待。
太棒了！
奪命火災
著名藝術家赤山仁美
命喪工作室

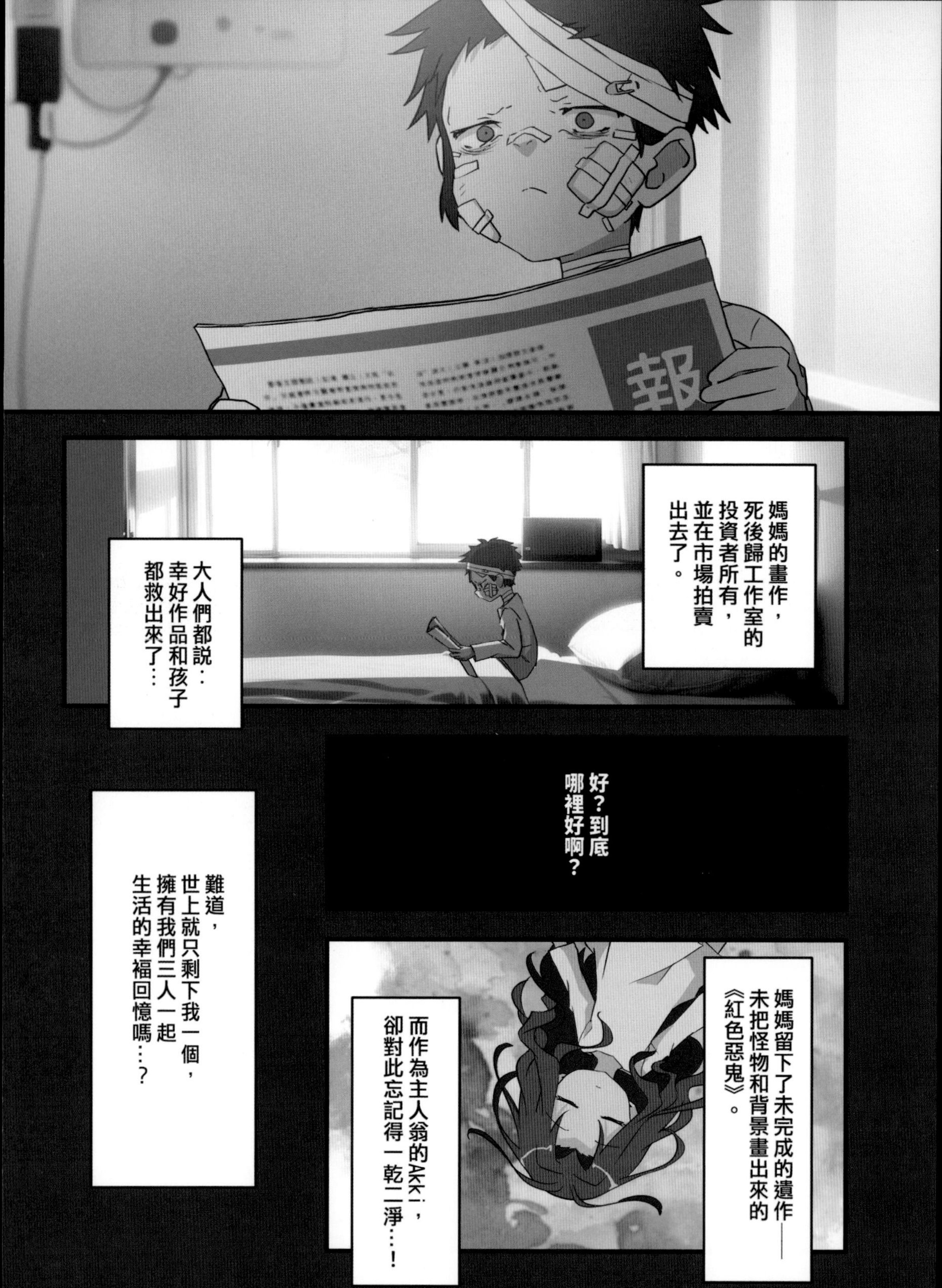
報
媽媽的畫作，死後歸工作室的投資者所有，並在市場拍賣出去了。
大人們都說：幸好作品和孩子都救出來了⋯
好？到底哪裡好啊？
媽媽留下了未完成的遺作——未把怪物和背景畫出來的《紅色惡鬼》。
而作為主人翁的Akki，卻對此忘記得一乾二淨⋯⋯！
難道，世上就只剩下我一個，擁有我們三人一起生活的幸福回憶嗎⋯⋯？

我不要這樣。
所以，我發起了一個計劃。
Ω計劃？
沒錯！簡單來說，計劃就是…
我要製作極度擬真的人工智能，喚醒在Akki腦中關於媽媽的記憶！

這…這等於要在數碼世界把死去的媽媽復活…？
這種事…辦得到嗎？
未來一定辦得到！
人類的科技在這短短數十年間有著突破性的飛躍，
許多以前被認為是天方夜譚的事，也正在一一實現！
你們看，這是媽媽的所有蹤跡記錄，
老家的日記、書信、作品思路、訪問錄像…
有關她的一切…全部、全部、全部！

語音合成可以模擬聲音、聲調、語速和語氣…
自然語言處理可以模擬對話、文字表達和情感回應…
3D模型與表情姿態捕捉技術可以模擬逼真的表情、動作…
情感分析技術可以模擬情感狀態…
這是我開發的記憶球，功能就像電子的時間膠囊，
是個比現今所有碟盤更高效的數據儲存裝置！
只要我們把資料數據化，灌注進這記憶球裡，
將來一定能培育出最完美的人工智能！
今天開始，這裡就是我們的研究室！
Akki，我要在這裡讓妳與媽媽重逢！
計劃最初的出發點，是這樣天真的心願…

【Akki的視角】

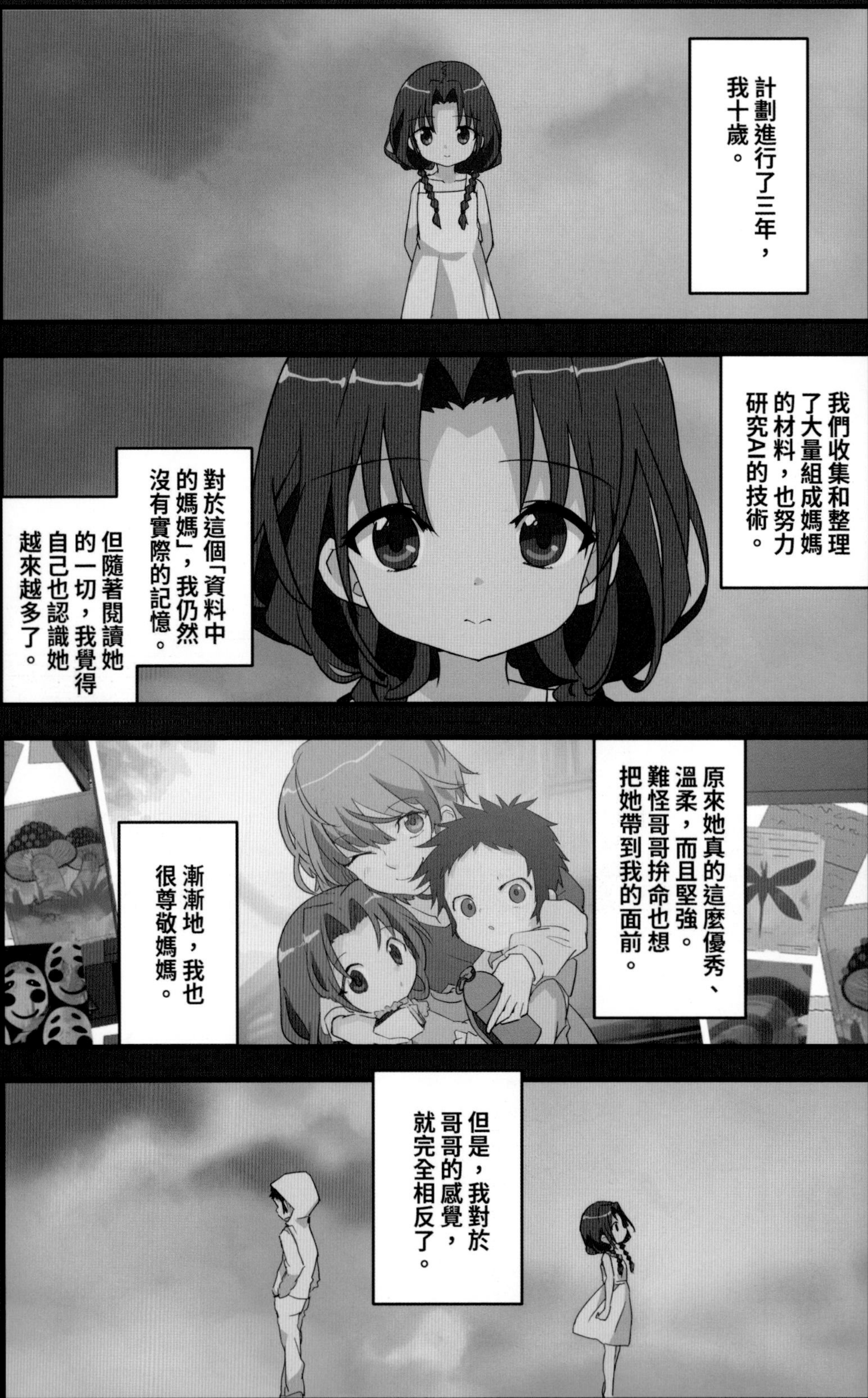
計劃進行了三年，我十歲。
我們收集和整理了大量組成媽媽的材料，也努力研究AI的技術。
對於這個「資料中的媽媽」，我仍然沒有實際的記憶。
但隨著閱讀她的一切，我覺得自己也認識她越來越多了。
原來她真的這麼優秀、溫柔，而且堅強。難怪哥哥拚命也想把她帶到我的面前。
漸漸地，我也很尊敬媽媽。
但是，我對於哥哥的感覺，就完全相反了。

相處了三年後，我發現我哥對他的天才頭腦非常自信，
總是深信自己無所不能，而且目中無人。
對於母親「復活」計劃，我並不質疑哥哥的執行能力，令我開始質疑的…
是他的「別有用心」。
Akki！白色的！你們看！
瑞士研究所展開了「藍腦計劃」，人類終於要利用生物學數據模擬哺乳動物的大腦了！
我叫Orion。
哥哥從來不記別人的名字…
我最初也以為只是我多心…
但直至那一天，我確信—
Ω計劃不只那麼簡單。

噠
噠
噠
這麼晚了，研究室還未關燈？
哥…你還在處理媽媽的資料嗎？
妳還不睡？
嗯…？
這是甚麼？
這不是媽媽或AI的資料…
哎…既然被發現了，也告訴妳好了。
這是孤兒院所有孩子的全部資料。
全…全部？
對啊，孤兒的身份背景、習性喜好、活動紀錄、健康情況…

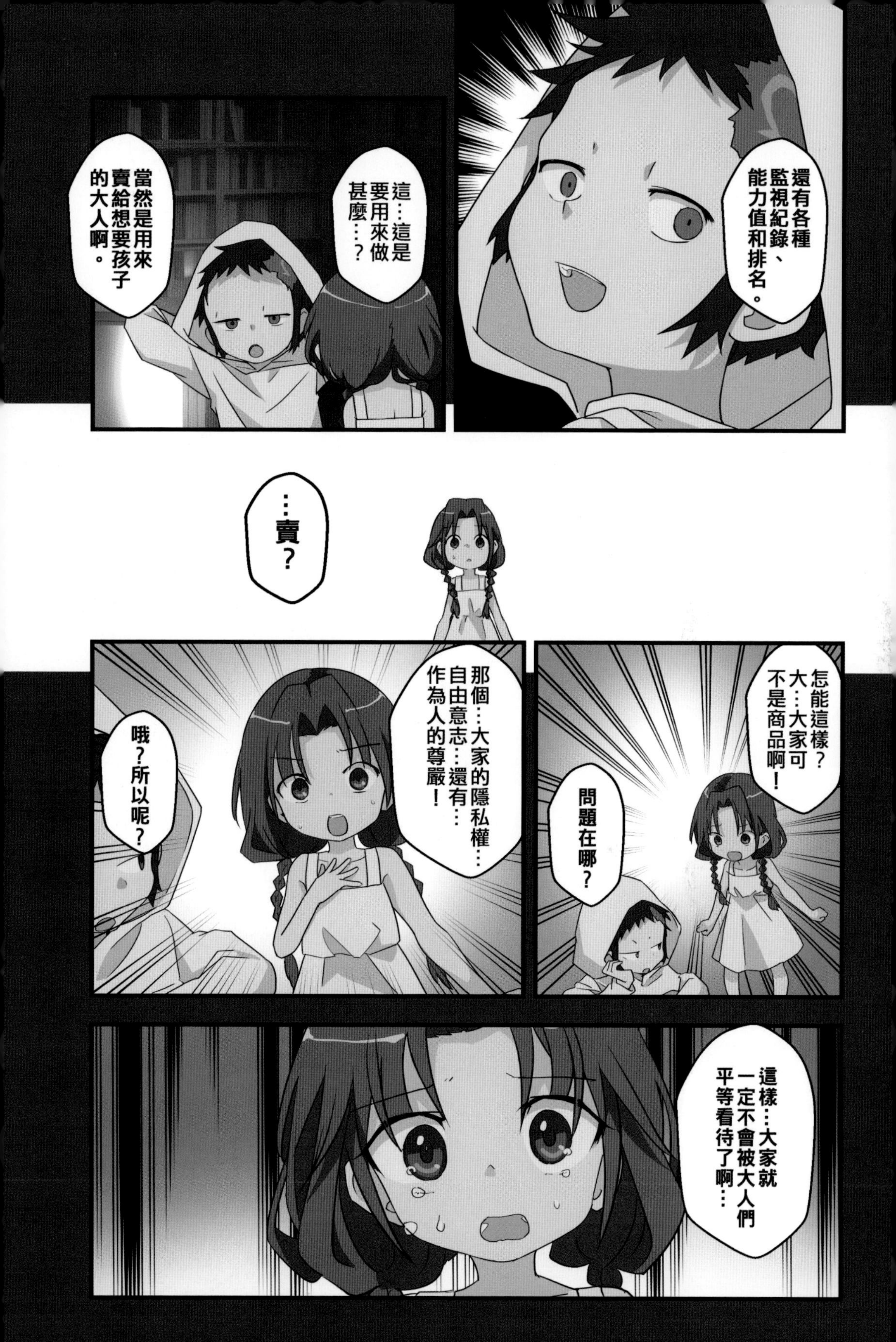
還有各種監視紀錄、能力值和排名。
這…這是要用來做甚麼…？
當然是用來賣給想要孩子的大人啊。
…賣？
怎能這樣？大…大家可不是商品啊！
問題在哪？
那個…大家的隱私權…自由意志…還有…作為人的尊嚴！
哦？所以呢？
這樣…大家就一定不會被大人們平等看待了啊…

開發AI需要大量資金，這些錢也遠遠不夠。
況且，我們的Ω計劃，本來就需要使用媽媽的大量隱私吧？
妳知道嗎？要是我們的計劃成功了，可是一項偉大的社會貢獻啊！
這…
只要「AI重生人類」成功，這意味著只要有足夠數據，就可以把世上有用的人，都用AI留下來！
還可以合成最強大、最聰明的AI嵌合體！
只要天才都可以被複製，智慧就可以被廣泛共享。
那麼，全球的研究和創新都會有飛躍性的進步！
我要創造一個強弱有絕對標準的世界，一個弱者不能渾水摸魚的世界！
這樣，人類就會因為強烈的勝負感，而努力追求進化！
…所以，你看待人的唯一標準，就是把人分為「有用」和「沒用」的嗎…？
正因為大家不夠你強，所以都要被你出賣嗎…？

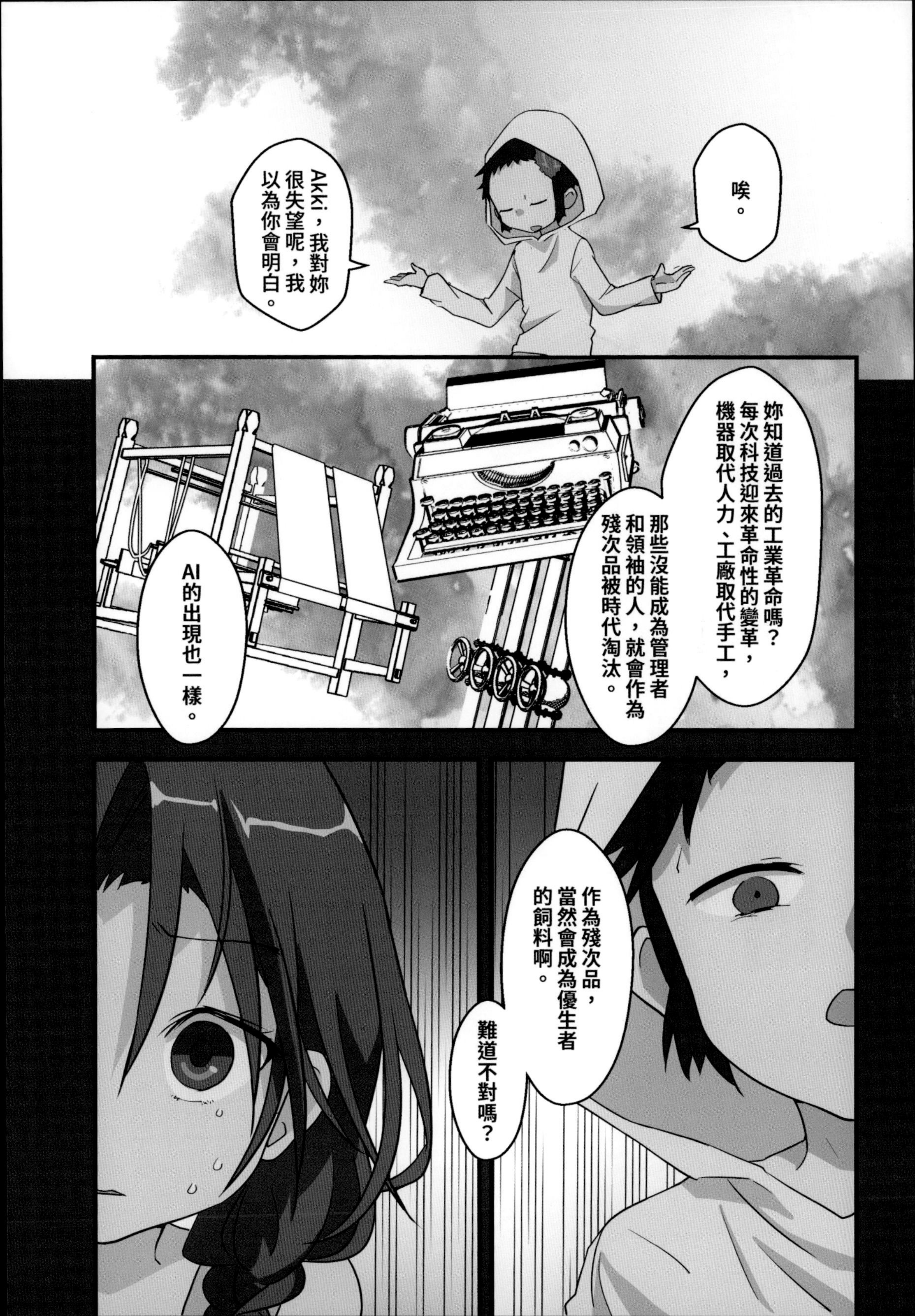
唉。
Akki，我對妳很失望呢，我以為你會明白。
妳知道過去的工業革命嗎？每次科技迎來革命性的變革，機器取代人力、工廠取代手工，
那些沒能成為管理者和領袖的人，就會作為殘次品被時代淘汰。
AI的出現也一樣。
作為殘次品，當然會成為優生者的飼料啊。
難道不對嗎？

不對！
Akki!!
等…！
!?
Akki？怎麼了？
妳要拿記憶球去哪？
哥哥他…
表面上説Ω計劃是要為了我…為了重見媽媽…
實際上是不擇手段地淘汰和利用「殘次品」的…
「天才」製造計劃…！

快回來！
哥哥……
我……
不要過來……
我已經…很難
再相信你了…
「Akki的性命和Ω計劃，
到底哪個重要!?」
「當然是計劃啊！」
裂
我在你心目中…
也是
「殘次品」嗎？

墜崖意外後，記憶球掉進大海，
輾轉流浪了二十年，直到最近才回到Ω本人手上。
Ω他…不容許自己的人生中存在「殘次品」。
媽媽的遺作未能完成，是他心中極大的一根刺。

Ω所以，他才趁今次展出畫作的機會，偷走畫作，
打算用AI和作畫機器在畫作真跡上動工。
為的不是我，只是他自己對完美的慾望。
我決不會讓你玷污媽媽的畫作！
媽媽的一切，我會親手奪回來！

Chapter 3 -完-

第三回 變色術與科技應用

通過科技應用，我們可以從觀察大自然中汲取靈感，並將其轉化為實用技術，改變我們的生活方式，保護我們的環境。讓我們共同努力，利用科技的力量，讓世界變得更加美好。

從自然啟發到應用

變色蜥蜴是被譽為大自然中懂得變色之術的忍者，牠們通過調節皮膚表面的納米晶體改變顏色，以隱藏自己或捕捉獵物。科學家從變色蜥蜴身上得到靈感，研製出光敏變色纖維。這些纖維對光線非常敏感，能根據環境光線變換顏色。

如果將光敏變色纖維應用於軍服，軍人可在不同環境中輕鬆隱蔽，仿若掌握變色忍術。日常服飾若使用這種纖維，在不同燈光下顏色自動變換，增加趣味性和時尚感。

【感溫變色技術】

這種變色能力在工業生產和產品設計上提供了許多啟發，例如感光變色顏料、感溫變色顏料、光敏變色纖維等。

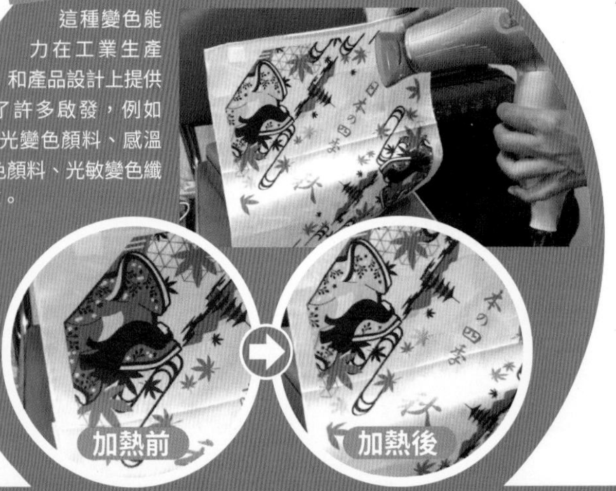

變色杯學習逆向思維

變色杯是感溫變色材料的應用典範。在杯子表面塗上感溫變色塗層，當溫度變化時，塗層顏色隨之改變。例如，當杯中加入熱水後，杯身溫度上升，感溫變色塗層顏色消失；當溫度下降時，塗層顏色再次顯現。

感溫變色材料是一種包含微膠囊的材料，膠囊內含有對溫度敏感的顯色劑和消色劑。在低溫下，顯色劑與色素結合顯色；在高溫下，顯色劑溶解於醇中，阻礙顯色劑與色素結合而消色。變色杯運用了這一原理，通過溫度變化來顯示或隱藏圖案。

●常溫（右）的杯倒入熱水後，杯身上的圖案（上）會起了變化，這樣就能顯現出之前難以看到的訊息。

暗記螢光筆的原理與應用

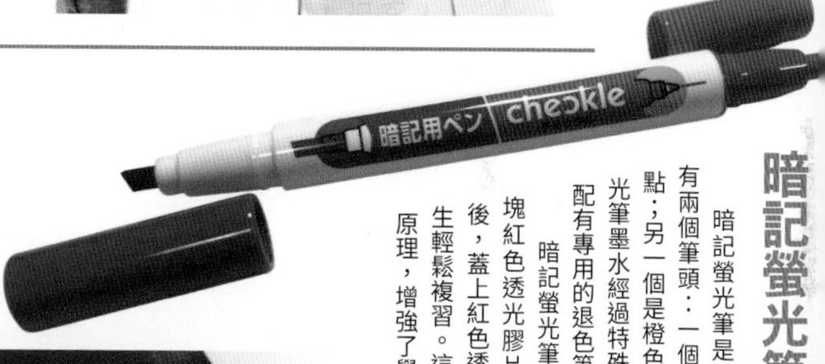

暗記螢光筆是一種特殊設計的學習工具，擁有兩個筆頭：一個是綠色螢光筆頭，用於標記重點；另一個是橙色筆頭，用於記憶提示。綠色螢光筆墨水經過特殊設計，不易滲透到下一頁，並配有專用的退色筆，方便消除標記。

暗記螢光筆還配有紅色隱形墊板，這是一塊紅色透光膠片。使用綠色螢光筆標記重點後，蓋上紅色透光膠片即可隱藏字跡，幫助學生輕鬆複習。這種設計利用了顏色組合和光學原理，增強了學習的趣味性和記憶效果。

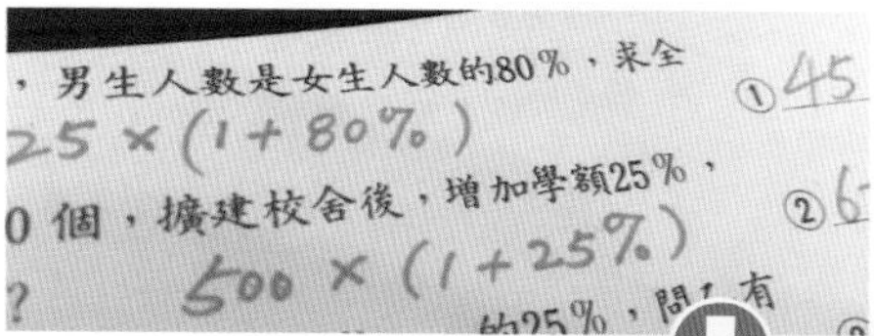

●上圖使用了暗記螢光筆，利用顏料顏色混合法，使文字在特定顏色的膠片下消失。

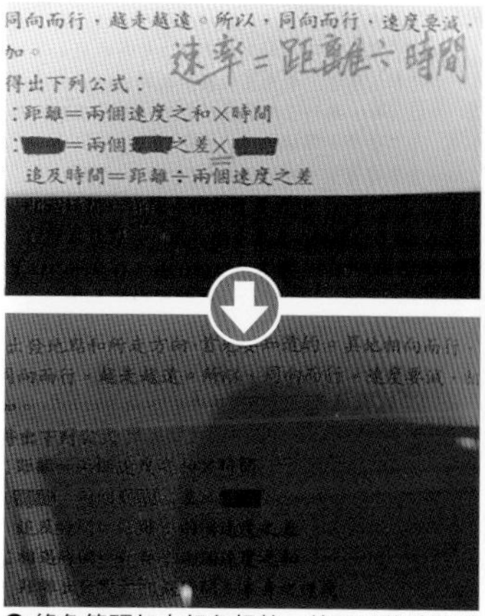

●綠色筆頭加上紅色板墊，就可以將重點變成黑色，溫習時可以幫助記住重點。

鐘聲學校 校長的話

與時並進的科技教育

喜聞本校會出現在《STEM少年偵探團》第五期，並邀請我撰寫「校長的話」，我與有榮焉，但又不禁想：我作為元朗區一所小學的校長，與STEM有何關係呢？元朗區雖為新市鎮，卻有歷史悠久的元朗六鄉，又擁濕地、平原等天然地貌，可謂鍾靈毓秀，前清秀才黃子律先生更於此創校。創校迄今，歷屆師生一步一腳印地走過九十年，社會瞬息萬變，科技亦悄悄走進我們的校園，本校現設i^3 Green Garden、InnoLab等設施，致力推 動減碳校園，啟發學子，正與STEM Sir與智慧老人合作的新書《STEM A+特攻》饒富趣味地推廣「可持續發展」的目標不謀而合。

賴嘉欣校長

Chapter 4 ■ Ω的無盡迷宮

嗶嗶
銀色獵戶
喂，Orion，你不用再打來了。
嗯…你幫我找到他的動向，我已經很感謝你了。
這是我和Ω兩個人的事，就請由我們自己解決吧。
對，這只是我們兩人間的恩怨。
少年偵探團，抱歉把你們捲進來了。
我在這雜草地附近留下了一些把你們騙走的指示，你們先在旁邊的叢林玩一會吧。
至於這裡…向日葵之家的原址…
就由我一個人進去好了。

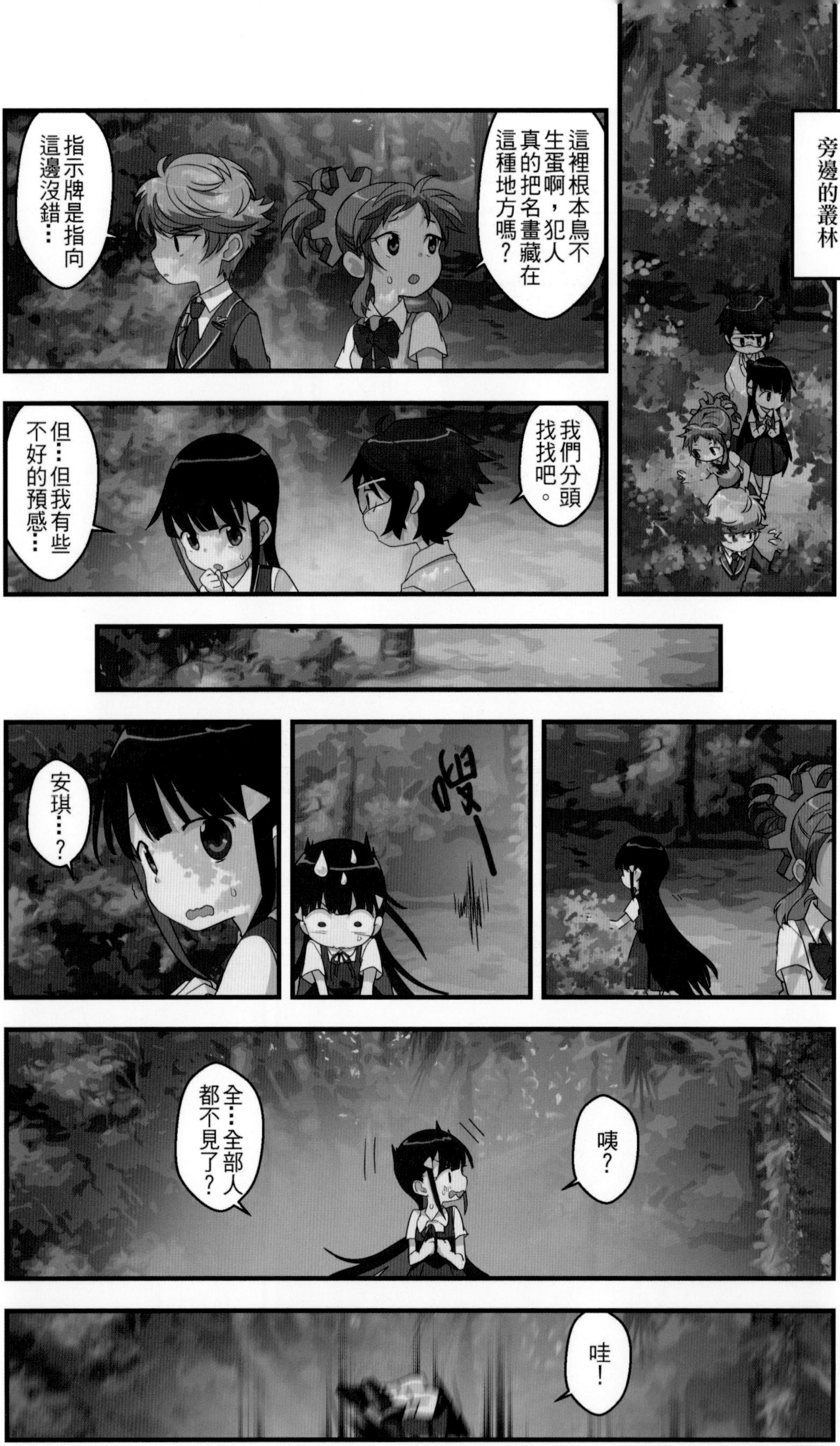
旁邊的叢林
這裡根本鳥不生蛋啊，犯人真的把名畫藏在這種地方嗎？
指示牌是指向這邊沒錯⋯
我們分頭找找吧。
但⋯但我有些不好的預感⋯
嗖—
安琪⋯？
咦？
全⋯全部人都不見了？
哇！

嗚…頭好痛…發生甚麼事了…？
剛才我是不是昏過去一會了？
賽恩？你們幾個也在嗎？
我們掉進陷阱裡了！
陷阱？
甚麼都看不見…
對了，執事，照明模式！
Your highness.
這…

這裡又寫著「3不等於5」？到底甚麼意思啊？
嗚呀！這是甚麼？怎麼我們頭上會戴著這個奇怪的儀器？
3≠5
歡迎來到怪客Ω的地下基地。
!!
接下來，你們將需要通過一連串與科學和藝術相關的謎題，刺激你們的大腦。
你們大腦活動的電信號，將會通過頭皮上的電極裝置記錄，以作研究之用。
別開玩笑了！我們可沒同意過讓你進行實驗！
就⋯就是啊！我們才不是你的白老鼠！
當然不會無償要你們協助。請看螢幕。

!!
是那畫作！
要是你們能通過我設計的考驗關卡，到達迷宮出口…
就可以帶走畫作，作為獎勵。
舞台已經準備就緒！
小偵探們，請為我們的研究提供更多新鮮的創造力吧！
才怪。
畫作最終一定歸我所有。

什麼鬼獎勵——!!
那畫作明明就是他偷回來的!!
考驗開始!!
滋——
別擅作主張啊!!
牆…牆壁開始向我們壓過來了…!
隆
隆
好樣的，還設限制時間啊。
咚!
看來第一關是辨色排序和推盤遊戲的合體呢。
快快通關，然後把那個混蛋主腦揪出來吧。
Ω的Art-Tech考驗
辨色推盤
把方塊移向空格，從而改變排列次序，將排列根據色彩漸變順序，才能開啟密門。

如果我沒猜錯，這地底基地的格局，建造得和以前的向日葵之家非常相似。
那麼這些窄小的秘道，就是通向「研究室」的路徑入口！
Akki，我要讓妳在這裡與媽媽重逢！
幸好當時腦空空的，所以還記得那複雜得像迷宮的路。
不知道偵探團那邊怎樣呢…有沒有好好放棄回家去呢？

此時四人仍在
考驗關卡中
嗚——哇——!!!
魔方拼圖
利用巨型索馬立方
(立體七巧板)拼砌出
指定的巨大模型。

磁力迷宮
用磁力手套操控微型金屬球，以通過精緻複雜的迷宮。
諧振之舞
組合不同重量和角度的擺錘，使擺錘擺動與旋轉，繪製出特定的諧波圖，以解開密門前進。
嗄⋯嗄⋯嗄⋯
這些考驗也太燒腦了吧——!!
我⋯我覺得是消耗體力比較嚴重⋯⋯

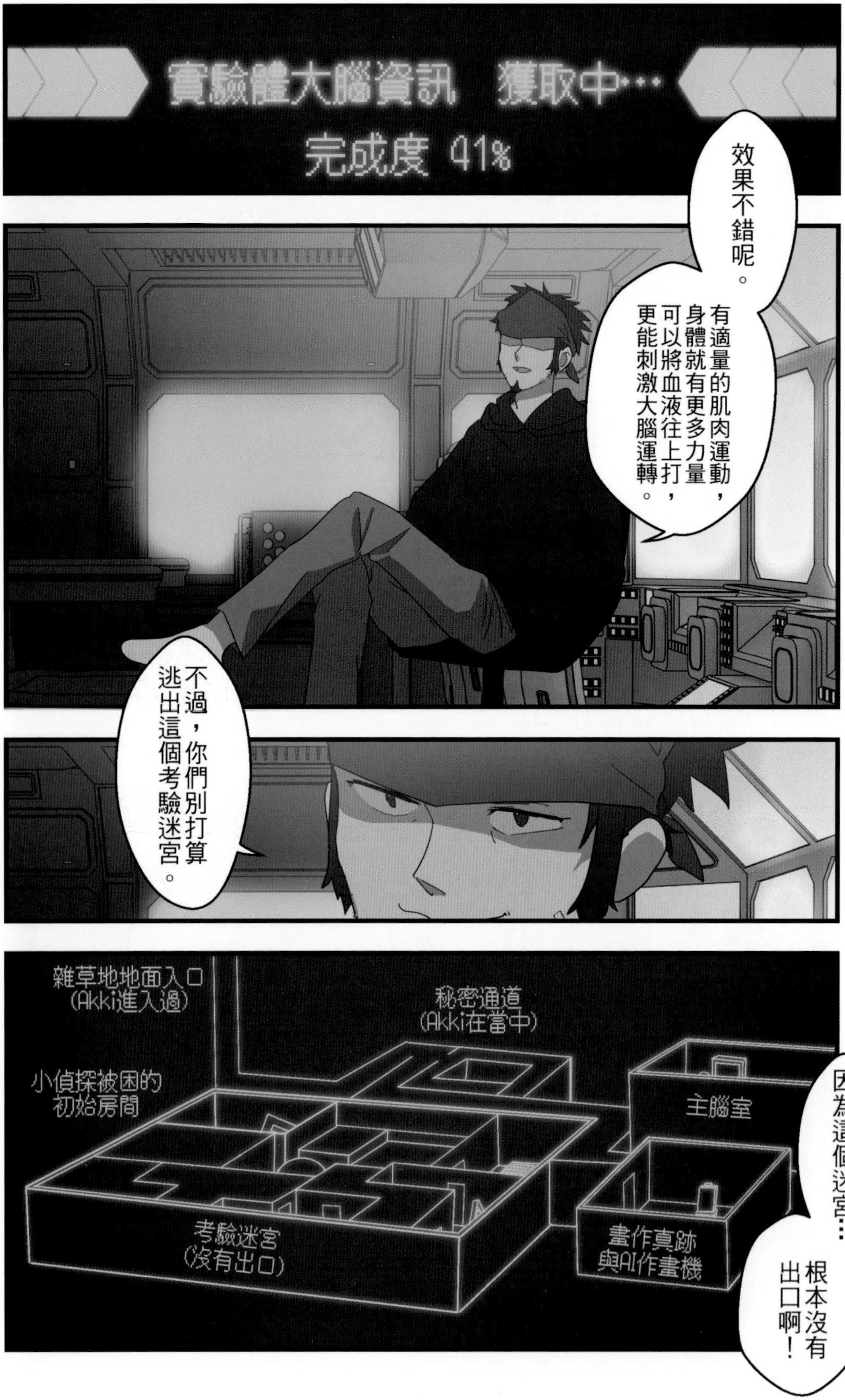
實驗體大腦資訊 獲取中…
完成度 41%
效果不錯呢。
有適量的肌肉運動，身體就有更多力量可以將血液往上打，更能刺激大腦運轉。
不過，你們別打算逃出這個考驗迷宮。
雜草地地面入口(Akki進入過)
秘密通道(Akki在當中)
小偵探被困的初始房間
主腦室
考驗迷宮(沒有出口)
畫作真跡與AI作畫機
因為這個迷宮…
根本沒有出口啊！

新鮮的創造力
對最強AI的培育
是不可或缺的飼料。
過往實驗過的
Ω中低層成員
那些貨色，
就算試驗一百人，
也不夠增加AI
創造力的5%…
來吧…讓我看看…
天才少年們的腦中，
藏著甚麼樣的怪物？
011001100

怪物？哈哈哈，說甚麼傻話。
別再說這些可怕的話題了，好好上課吧。
唉，全是平庸的殘次品。
但是，為甚麼…
明明他們能力比較差，但卻能得到更多關懷？
明明我付出了更多努力，卻得不到更多尊重？
這個世界，要是你特別出眾，反而會被排擠。
能力平均地低的人，才會被善待。
全因為大家都想保留那一片可以渾水摸魚的空間。

媽媽！Akki的怪物畫是甚麼樣子的？
她說畫完之前不可以告訴你哦。
啊——告訴我嘛！
我在學校悶得要死了，那兒只有無聊的人。
真是鬥不過你，那就給你提示讓你猜猜吧。
好！猜謎我最強了！
3≠5
就是這張畫作最後要畫的部份。
3≠5…？
到底是甚麼意思呢？

無論是翻查多少次
媽媽的日記、訪問，
我都找不到答案。
這個謎題，
在二十多年來，
仍未有任何解答。
而更糟糕
的是…
不知從甚麼
時候開始，
我再看不見
任何怪物了。
想必妳也
一樣吧？

Akki。
這邊…
接下來…
這邊…！
最後…
推開這扇偽裝成書櫃的門，
就到研究室了。
吱
吱

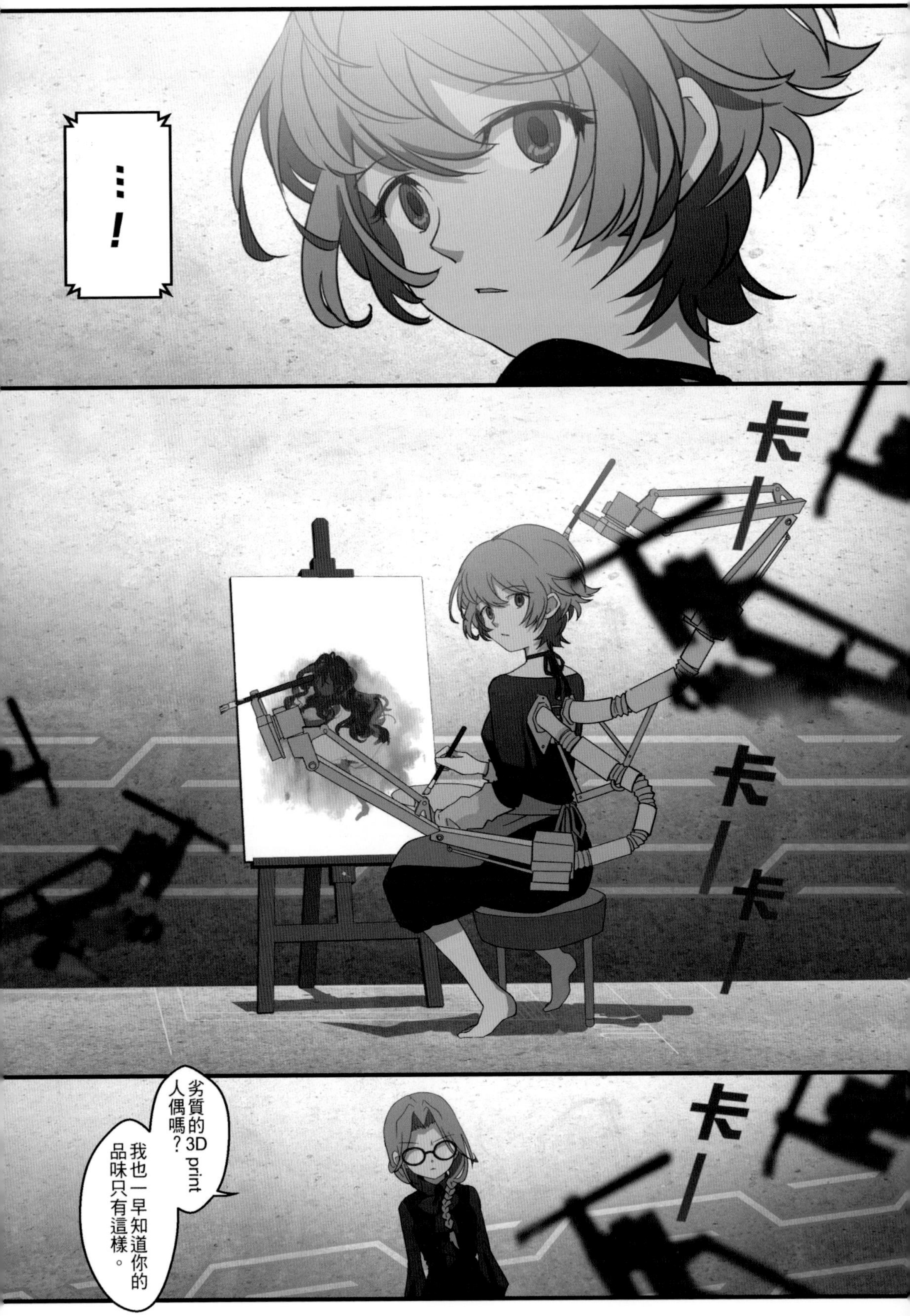

……！
卡ー
卡ー卡ー
卡ー
劣質的3D print人偶嗎？
我也一早知道你的品味只有這樣。

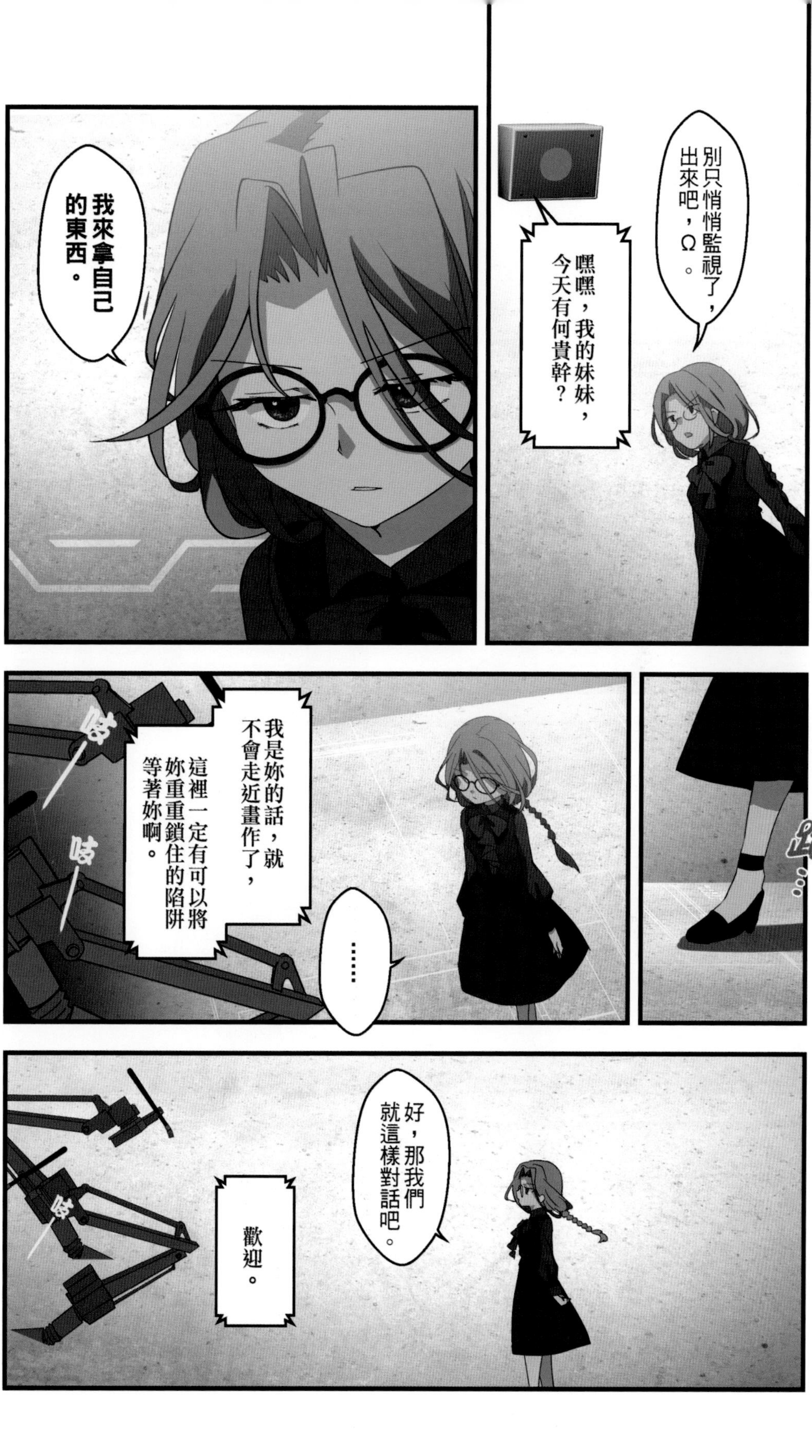
別只悄悄監視了，出來吧，Ω。
嘿嘿，我的妹妹，今天有何貴幹？
我來拿自己的東西。
踏……
……
我是妳的話，就不會走近畫作了，這裡一定有可以將妳重重鎖住的陷阱等著妳啊。
吱
吱
好，那我們就這樣對話吧。
歡迎。
吱

先從…結論說起吧。
我認為光憑對話，始終無法化解我們之間積累多年的衝突。
但我還是想告訴你，我喜歡我最初所認識的哥哥。
那個充滿抱負，帶領我認識許多新奇事物的哥哥。
可是，僅限「最初」。
現在的你，簡直慘不忍睹。

你現在執意要完成的AI，已經不是媽媽的轉生，
它絲毫無法喚起我的記憶，
對我也毫無反應，只懂冷冰冰地坐著。
卡ー
卡ー卡ー
它混雜了你個人的貪婪、冷血、傲慢……
是個平庸的殘次品。

好傷心啊，妳眼前的明明是我特意為妳而設的計劃，
妳專程前來卻是為了毒舌我一番？
別騙人了，眼前這幅媽媽的遺作，也是因為你那庸俗的完美主義個性，
才會被帶到這裡，面臨被AI玷污的危機。
你把小孩引來，想要獲取他們的腦資訊，
不就證明你已經老化得全無創造力了嗎？
原來你淪落成殘次品後，只能靠這手段才能拾回一點點尊嚴？
…夠了，Akki。
我還沒說完呢。
只要繼續刺激他，一定會出現…
可以破壞陷阱的破綻…

我的「怪物」，現在正非常瞧不起你呢。
你呢？現在還看得見「怪物」嗎？
殘次品。

嘎…
嘎…嘎…
這…
咚!
這不是我們最初的房間嗎!?
只是考驗換顏色了
Ω那混蛋根本沒打算讓我們活著回去!
&*%@^#%@
賽恩體力透支了…
沒辦法…先休息一下吧。
系統自動廣播。
偵測到偵探團的腦電波正在放緩中——現作出提問。
!?
休息一下也要問問題?混蛋Ω真想把我們勞役到死嗎!?
提問——

你有見過「怪物」嗎？
……什麼意思？
謎語嗎？
「怪物」是…
創造力的化身，某一刻的頓悟，一剎那的靈光一閃。
它是人類之中特別優秀的象徵，
也是連AI也模仿不來的部份。
我認為…世界的資源應該都只提供給擁有創造力的天才，餘下的生產力都由AI取代。
不夠優秀的人，不值得浪費地球寶貴的資源培育。

不夠優秀的人，在我的計劃中，會將他們…
「排除」。
我再提問一次——
你們，有見過「怪物」嗎？
說「沒有」會馬上被淘汰嗎？
有沒有也不告訴你，笨蛋——
…！
就算你的理想世界真的實現，世上只餘優秀的人，
那當中也不會有你這笨蛋的存在！
因為世界並不只由單一種標準去衡量優劣啊！
就像我，
雖然邏輯好，但總是不通情感。

安琪腦袋雖然笨笨的又粗魯，但最會關心他人。
蒂妮雖然是膽小鬼大小姐，但她對細節最敏銳。
密斯雖然囂張，但是很臭屁。
怎麼說到我時兩項都是缺點啊!?
所以…怪物的問題，你們的答案是…？
那麼執著答案呀？
那就別眨眼了，
我們現在就給你看…
讓你嚇破膽的「怪物」！

Chapter 4 -完-

STEM 小百科

第四回 紅葉中的STEM

位於元朗的大欖郊野公園內，有大棠紅葉楓香林，是香港觀賞紅葉勝地。每年12月初，楓香樹葉轉紅，吸引大量遊客。那裡佈滿自然科學與實際觀察結合的生動例子，大家可學習植物生長、色素變化及季節性變化的知識。

楓香樹葉變色的原因

楓香樹葉含有葉綠素、胡蘿蔔素和花青素。春天時，嫩芽依靠母株供應養分，尚未進行光合作用，故呈淡綠色。夏天，嫩芽成為綠葉，因葉綠素含量高，樹葉呈翠綠色。

秋天，天氣乾燥，葉綠素加速分解，植物輸送養分的能力減弱，胡蘿蔔素未受影響，樹葉轉黃。寒冷氣溫和強光照射下，葉細胞製造花青素，令樹葉轉紅。冬天，樹葉內水分揮發，其他色素消失，樹葉變黃枯萎，最終掉落。

春天
淡綠色的嫩葉，
因為葉綠素初生。

夏天
濃綠色的葉子，
葉綠素含量高。

秋天
黃色的葉子，葉綠素分解，
胡蘿蔔素顯現。

冬天
紅色的葉子，花青素生成，
最終變黃枯萎，準備掉落。

花青素對樹木的影響

花青素是在樹木準備落葉時新合成的物質。入秋後，植物輸送養分減弱，葡萄糖留在葉片中，甜度增加，在陽光作用下生成花青素。深秋時，葉綠素減少，葉子的綠色褪去，花青素增加，葉色變紅。日光越強，溫差越大，葉色變得越紅。

● 入秋後，在陽光作用下生成花青素。深秋時，葉綠素減少，葉色由綠轉紅。

樹木落葉的原因

楓香樹與其他落葉樹一樣，通過落葉減少水分蒸發，避免乾燥和寒冷天氣對植物的傷害。葉子脫落後，僅剩樹枝，樹枝上的氣孔少，面積小，有助避寒。此外，落葉也是老化更新的自然現象，老葉落下後，新葉隨天氣回暖長出，光合作用更加旺盛，有利於植物整體健康。

● 日本楓樹的葉枯落下，也是老化更新的自然現象。

究竟兩者有何不同呢？

香港大棠紅葉

日本輕井沢紅葉

※解謎提示：3≠5

【楓香樹的特點】

楓香屬於金縷梅科，是香港的原生樹種，高度可達30米。楓香樹葉三裂掌狀，夏天為綠色，秋天轉黃，落葉前變紅。楓香的樹脂帶有香味，可入藥；葉子也有香味，搓揉後能散發香氣。

總結

欣賞紅葉的同時，也能激發大家對自然科學的興趣，理解植物如何通過色素變化和落葉來適應環境。這些知識不僅豐富了大家對大自然的認識，也有助於培養大家的科學探究精神。

● 漁農自然護理署有教導市民前往大棠楓香林地圖，詳情請見每年更新的「大欖郊野公園楓香林紅葉情報」(https://www.natureintouch.gov.hk)。

Chapter 5 ■ 怪物的去向

腦資訊　獲取
完成度 62%
Bi… Bi…
BiBiBiBiBi
你什麼時候想到這個辦法的？
過關卡時已有零散的構思，多虧Ω那挑釁一樣的問答時間，計劃才組織完成。
這個辦法需要稍微花時間…
在各種關卡設計中，收集一些可以使用的器具！
只要把每一個關卡都再通一次，就可以把器具奪過來。
但是當道具被拆掉，關卡就無法再被通過。
所以…

逃脫計劃，只有一次機會…！
呼呼呼
跟剛才一樣，這天花板上有機械排風系統運作的聲音。
好。
要是Ω的目的是獲取我們的大腦資訊，思考用的大量氧氣是必需的，
所以一定有建造足夠大的隱藏的通風口。
至於怎樣爬上這五米以上的天花板…
就要靠由關卡拆出的索馬立方和彩色石板搭建出最高而穩的高台，找出隱藏起來的通風口。

使用磁鐵將螺絲吸附住旋轉，以此來鬆開用來隱藏通風口的假天花的螺絲。
只要有一絲空隙，之後……
就是破壞的時間！
轟！！
迷宮關卡中，質量最大的——擺鎚！
還不夠……
再來！
攻守逆轉了！
看我們逃脫迷宮後就把你揪出來，混蛋Ω！

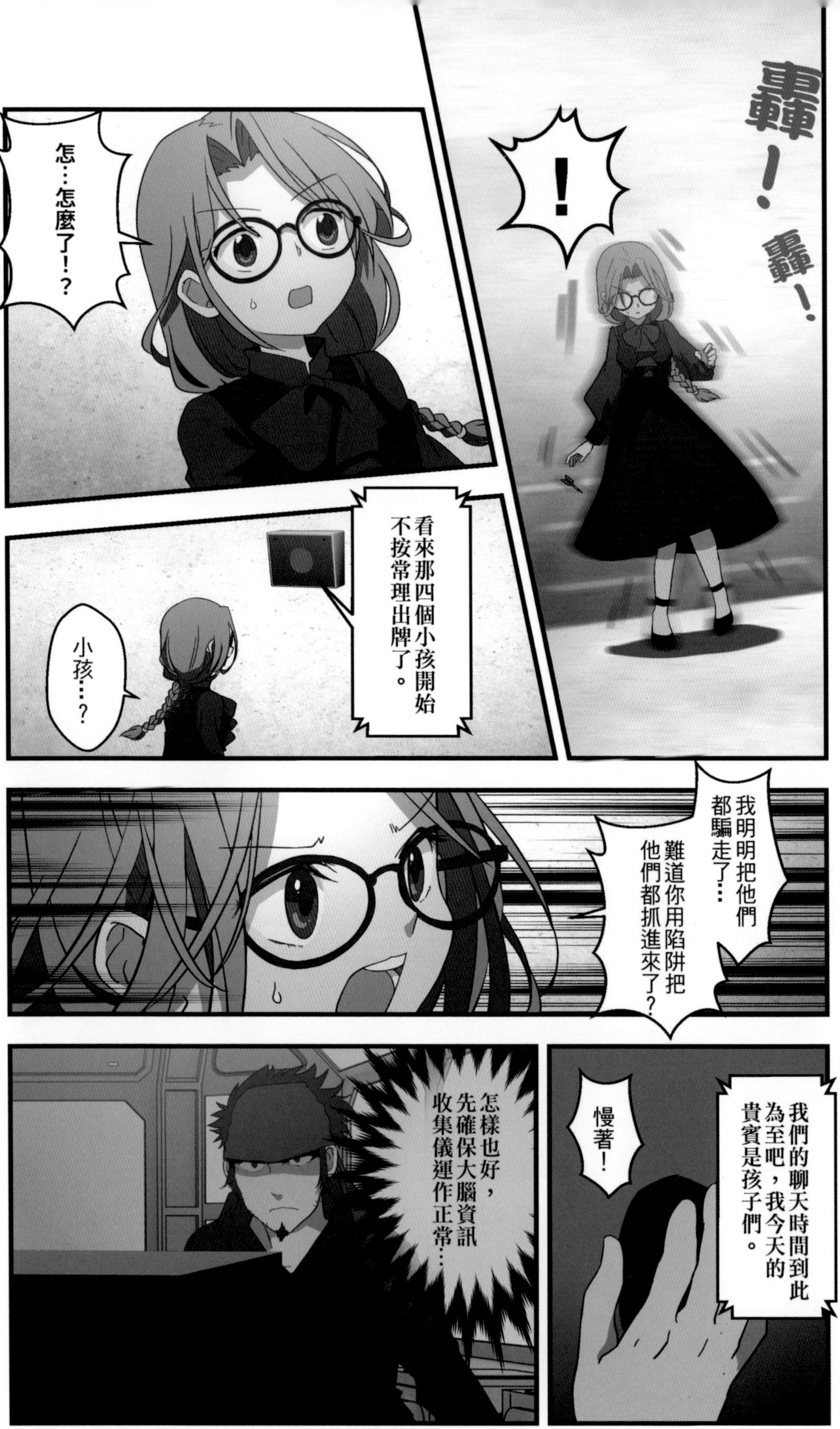
轟!轟!
!
怎…怎麼了!?
看來那四個小孩開始不按常理出牌了。
小孩…?
我明明把他們都騙走了…
難道你用陷阱把他們都抓進來了?
我們的聊天時間到此為至吧,我今天的貴賓是孩子們。
慢著!
怎樣也好,先確保大腦資訊收集儀運作正常…

資訊 濃度 92%
92%!?
剛才一連串的考驗，最多也只能激活至55%左右…！
到底發生甚麼事，讓他們突然有這麼大改變…？
現在動筆…說不定就能完美補足AI的創造力…
…不…！仍未完美…還需要時間…！
等我…
還差一點…我心中完美的您，就能再活過來…！

啪
呼
喝呀——!

咳咳……
執事……這裡……
就是偵測到有強烈電子訊號的房間？
Yes, Your highness.
看起來不像頭目的房間啊……
畫作！在這裡！
還有……妳是……
紅色惡鬼!?
!
小心背後！
!?

哇啊—!
啪
砰
有…有陷阱…!
好痛…!
臨門失腳…
這是…機械人…?
為何要攻擊我們?
這機械人的臉
好眼熟…
赤山仁美?

陷阱被他們觸發了…
我可以趁機帶走畫作，一個人逃走…！
但…
要是這樣做，我跟哥哥又有甚麼分別？
呃…？
呀！
痛！

停手吧，Ω。
我認識的媽媽不會做這麼難看的事。
騙人，妳根本對她毫無記憶，怎會認識她？
紅色惡鬼……救了我們……？
她跟Ω是甚麼關係啊？
可以解釋一下發生甚麼事嗎？紅色惡鬼。
事情完結後，我會把一切一切，都好好告訴你們的。

吱吱…
吱吱…
等一下！
機械人…有點不妥！
不會吧？難道這才是真正的陷阱？
不，應該是真的漏電意外！
啪刷
轟!!
呀啊!?

燒…燒起來了…!
給我們逃生路線!!
…!!
Ω!!
………
熊…熊…
……沙──沙──
熊…熊…

不會吧？已經聯繫不上了？
混蛋Ω！你造的機器有沒有通過防火安全審查啊⁉
現在不是追究責任的時候了！
要馬上找出逃生的路徑！
紅色惡鬼！妳知道哪裡還有路嗎…？
喂！紅色惡鬼！
…？

火…
她完全沒反應啊！
妳…妳還好嗎…？
她…全身發抖發冷…！
…這是…急性應激反應…！
難道她以前曾有過火災的陰影嗎…？

Chapter 5 -完-

Chapter 6 ■ 屬於自己的畫布

我夢到一片火海…
那裡面有我的怪物。
牠好熱，好痛苦喔。
媽媽…我…夢見我的怪物在燃燒…
可怕嗎？
那怪物像一隻燃燒中的惡鬼。
不如說…很可憐…

嗯，媽媽知道妳最怕熱。
那，畫成這樣呢？
這是媽媽版本的，
溫暖的火。
不熱的火？
是紅葉啊。
？為甚麼是兩種不同的葉子？
妳發現了？真敏銳呢。
3裂的楓香樹葉是香港大棠的紅葉，
5裂的楓葉則是我的故鄉日本的紅葉。

即使3不等於5，兩者也是我醉心的地方。
妳知道嗎？妳的名字，其實不是地獄裡的「惡鬼」，
Akki
而是浪漫的「秋天」啊。
Aki

我想起來了…
媽媽的畫未完成的部份是…
為甚麼…
為甚麼偏偏是這個時候想起來…？
為甚麼連這份唯一的記憶都要奪走…！

「藝術是和我無關的東西。」
我以往一直都這麼想。
但…
在這張畫裡，我第一次感覺到…
紅色惡鬼，快逃吧！
怎麼辦？
她不會要一直留在這裡吧？
沒時間了，先上通風口！
有一些人…他們的人生意義，正保存著在裡面。
我想那是…
值得用一點犧牲去追求的東西。

賽恩!?
小賽!
拿著。
我把火壓熄了，雖然還是燒壞了不少…
帶著它快逃吧。

我…
我知道可以逃出去的小路！
嘿，跟初次見面時立場倒轉了呢。
小賽…實驗袍…
不要了。

你們沒事吧!?
STEM Sir!
還有劉Sir和王先生…
你們怎知道我們在這裡?
有神秘的電話通知我們…
似乎也已經通知消防了!
會是誰?
有誰這麼快知道這裡有事發生了?
是我啦。
一直偷偷在附近看著

是畫作！你們救回來了！
可是燒傷了…
王先生，我有一個不情之請。
金錢方面我無法馬上付清，
但我會將畫作盜賊的所有情報，都和盤托出。
畫作…可以賣給我嗎？
妳是…紅髮的女孩！？

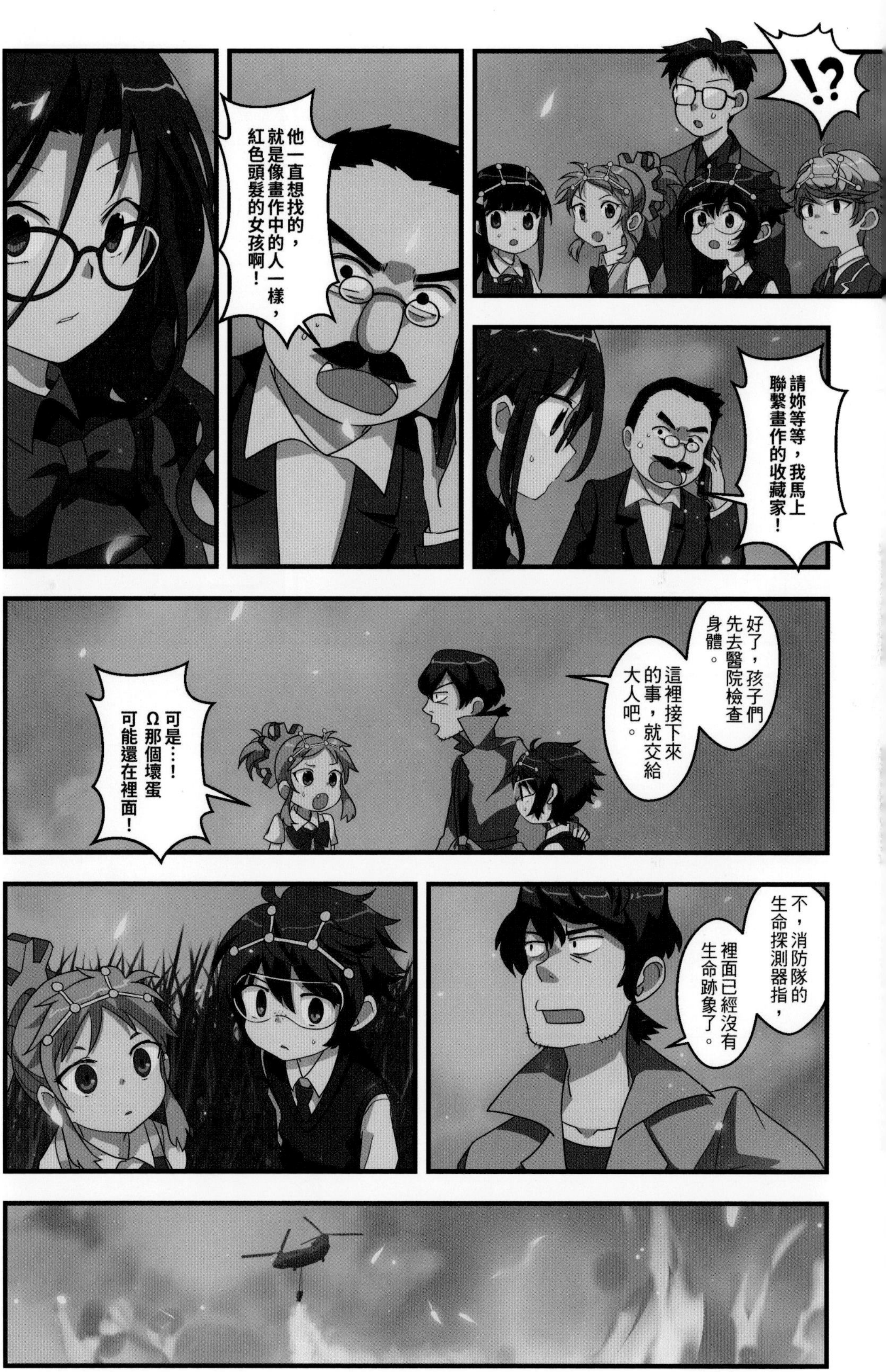

他一直想找的，就是像畫作中的人一樣，紅色頭髮的女孩啊！
!?
請妳等等，我馬上聯繫畫作的收藏家！
好了，孩子們先去醫院檢查身體。
這裡接下來的事，就交給大人吧。
可是⋯！Ω那個壞蛋可能還在裡面！
不，消防隊的生命探測器指，
裡面已經沒有生命跡象了。

那場大火，最後在兩小時後撲滅。
後來在災場找不到任何屍體，
相信Ω的主腦，已從他自己的秘密通道逃脫了。
Ω的過去、目的、野心…
從紅色惡鬼口中，我們一切都得知了。
原來她那過熱變色的頭髮，其實是染成棕色來掩蓋先天的紅髮。
對於Ω來說，這次事件是一個重創。
不過我認為，他一定會帶著那個圓球，在地球上某個地方重整旗鼓，然後繼續實現他的願望。
老實說，對於他的執念，我還蠻佩服的。
我就沒有這麼堅定的信念。
雖然最後還是不知道他長什麼樣子。

兩個月後——
小賽！這邊！
包尾的傢伙包尾地來了。
STEM Sir已經先到目的地了。
……
不穿實驗袍的小賽，總感覺怪怪的。
囉唆。
你不多穿件外套嗎？已經12月了。
回想起來，實驗袍的主人，也就是我爸。
他說過會在我獨當一面的一天回來。
我以前一直以為，獨當一面，就是不用別人的幫助，
靠自己的力量獲得成就。
但現在，我可以更完整地看到世界的各種面貌，
理智，感情，生活中的大小事物和它們的意義…
一步步地把世界拼圖完整起來。

這樣才是我獨當一面的方法。
到站了！
在那邊哦。
轉了好多車。
你們來啦。

好美的畫啊…
唔…雖然已經知道她最初的微波爐陷阱只是想讓我們組團對抗Ω，
但我好像還是很難改變心情與她友好相處。
妳母親遺作的事…
收藏家怎說？
「沒有老婆的人，愛吃老婆餅。」
？
這是收藏家的自述…也是媽媽日記出現過的，唯一情人的描述。
吓？即是怎樣？
嗯…這收藏家和她的關係，妳可以推理一下。
我們沒有直接見面，
我也不太想見
不過他說…
他希望我可以把媽媽遺作未完成的部份完成，
以此為條件，才可以把畫作送給我。

那不是再好不過了？
不過，我拒絕了。
咦？為甚麼？
畫作可以完成不好嗎？
殘次品也好，不完美也好，
那也是媽媽作為一個生命的象徵。
每個人都是那樣獨特的個體，
就算我是她的女兒，就算是完美的AI，也不能取代她。

人類的獨特性，
就是由無數的
不完美交織而成。
只有不完美
的時候，
人才會想要
前進吧。
不過，我會畫
我自己的畫！
將來也會像
媽媽一樣，
獨當一面。
那當然。
那你們呢？
你們以後還會
組偵探團嗎？

而且，我們還有訊息要給妳。
……你們認真的？
我們想過了，雖然我們已將Ω重創，
但他一定會繼續利用Ω成員，在他日捲土重來。
妳擁有他大量的情報，是對抗他們必需戰力。

來，加入我們吧！
如果以專長和名字字頭起名，Akki是「A」？
A for Art！
所以我們要變成「STEAM少年偵探團」了！
喂喂……
可是，有個重要的問題！
那樣的話，我們不就不能叫少年偵探團了！畢竟她已經[redacted]歲!!
……
這個問題我已經預想好了！
由今天開始，我們就叫做……
STEAM資深少年偵探團！

《地獄火海的紅色惡鬼》完・全書完

智慧老人後記

● 為配合今期漫畫的主題，我利用AI圖像技術生成了這幅美麗的插

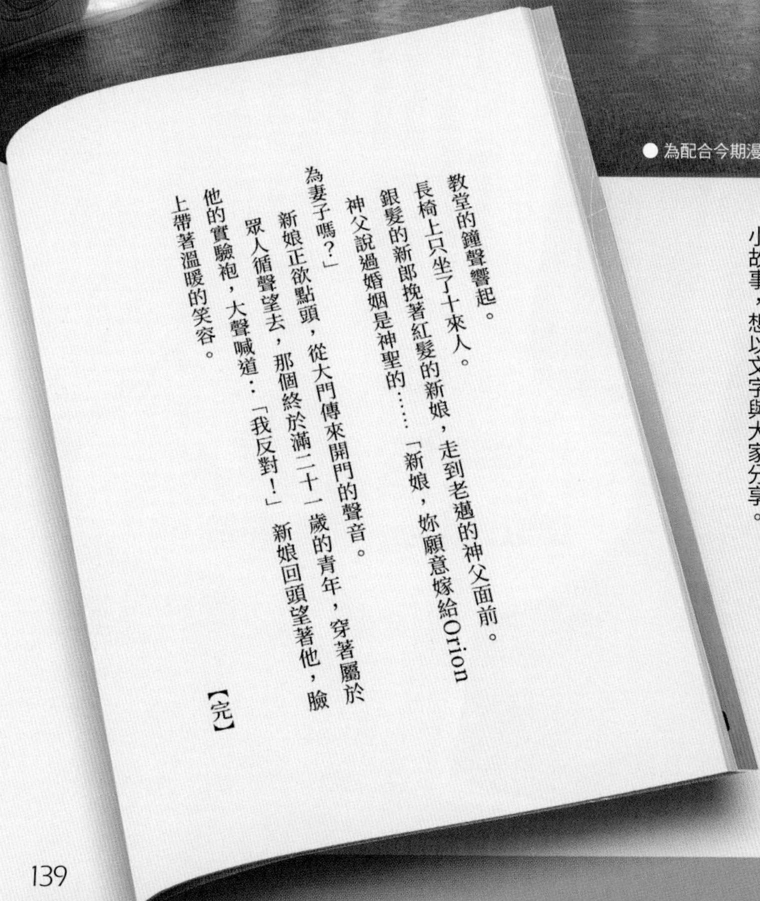

自從創刊以來，我很少撰寫關於《STEM少年偵探團》故事的創作點滴。因為四位小偵探在多利的筆下，總是變得比原作更精彩，所以我選擇將那些點滴留在漫畫之中，希望讀者能在某天發現。如今，小偵探的漫畫故事終於來到最後一期，我腦海中不禁浮現出一段小故事，想以文字與大家分享。

張志偉
NOVELLAND 創立人

教堂的鐘聲響起。

長椅上只坐了十來人。

銀髮的新郎挽著紅髮的新娘，走到老邁的神父面前。

神父說過婚姻是神聖的……「新娘，妳願意嫁給Orion為妻子嗎？」

新娘正欲點頭，從大門傳來開門的聲音。

眾人循聲望去，那個終於滿二十一歲的青年，穿著屬於他的實驗袍，大聲喊道：「我反對！」新娘回頭望著他，臉上帶著溫暖的笑容。

【完】

STEM
少年偵探團

出品人後記

鏡頭回到二零一七年平安夜……我認識了多利，和智慧老人於旺角某咖啡店內……這是第一期《STEM少年偵探團》出版人語的開場白。就是一個偶然，我把STEM Sir跟他們拉在一起，二零一八年暑假，《STEM少年偵探團》就面世，而我就從事電腦雜誌編輯工作三十年後，多了一個漫畫書出版人的身份。

六年後的暑假，再次執筆寫「出版人語」，我和智慧老人合作的文創出版，不單只有跟STEM Sir合作的《STEM少年偵探團》，還有因緣際會認識了前天文台台長岑智明先生，出版《CMS天文調查隊》，今年暑期也會出版第三期；另外圖文小說《消失的文學部》，誠如書名，就是想喚起中小學生對中國文學的興趣。三套作品，加上今個暑假漫畫新作《STEM A+特攻》一共是十二套作品，原來已經是一個藏量不少的小書庫！

在香港做繁體中文的文化出版，看似合情合理，但實情是市場極之狹窄，只有本地和少數東南亞市場，要擴大知名度和銷量，的確相當困難。今年4月，受智慧老人邀請，一起參展意大利波隆那童書展，從那裡，我們看見兒童書市場可以是無限大，主要原因是外國的兒童，學習過程與空間跟香港絕不一樣，特別是小學生，放學後少有功課，學校老師會由細鼓勵同學放課後尋找自己的興趣，可以去踢足球，也可以藉着閱讀，吸收不同的常識與知識，也可以做手工、玩音樂，生活的空間很大。和香港小朋友放學後要做功課，面對密集的默書、測驗、考試，情況相當不同。經過此一旅程，我們都認為，手上的作品，絕對有條件國際化，推出英文版或授權其他語言版本。而最重要的初心，就是希望為香港的小朋友，開拓更多天馬行空的空間。

二零二一年《STEM少年偵探團》出版第四期後，自己和身邊不少人在生活上都有了翻天覆地的變化，令到創作一度停頓。但期間故事的劇本，其實也有一直有寫下去。本故事的主線早在二零二二年已經完成，當時我們的創作是要加入Art的元素，STEM Sir也大力推薦應該這樣做。而故事後期有關訓練AI的環節，在二零二四年的真實世界，竟然存在。現在我們每日都可以用AI去協助生成內容，無論是相片後製、創作，文書翻譯，精準的文法修改，閱讀報告，程式編寫等工作，都可以叫AI代勞，幾十秒至幾分鐘就可以有答案。兩年前寫落的故事已經成真。如果是按原定計劃在二零二二年出版這本最終章，敢肯定看完本書的讀者，感覺一定沒有像今日的真實。

我相信，一切也是緣份，由認識智慧老人這位幾十年老朋友開始……

出品人
鄭君任
《PCM》創刊編輯
Plug Media Services Ltd.

漫畫編繪
多利
NOVELLAND LIMITED
美術總監

STEM 少年偵探

漫畫繪師後記

感謝你喜歡這本書，你好，我是編繪漫畫的多利。小偵探的故事來到結局，千言萬語不知從何寫起。

這期的主題是「STEAM教育」裡最後的Art，加上故事主線一直鋪陳的AI終極Boss，剛好成了近兩年成為熱話的題目——「AI與藝術」。

AI art的出現，讓我看見不少人對未來充滿焦慮，對自我價值產生懷疑，情緒問題更成為了社會流行病。每一次科技的革新，都會帶來新的矛盾和挑戰，能否在複雜和急促的變化中轉危為機，同時保留堅實的自我，是一項相當考驗智慧的課題。

面對世界變化，不同個性的人會有不同的反應，我將這些不同的價值觀融入各個角色中，他們擁有不同的信念和理想，在故事中互相碰撞，激發出新的火花。他們的堅持和熱情，正是我對價值觀的探索和表達。創作過程中，他們教會了我如何在變革中保持自我，如何在矛盾中尋求平衡。對我來說，這份對價值觀的堅持與熱情是無比美麗的。可以在自己寫作的故事中展現這些火花，也是我的生命火花所嚮往的事，直至現在我仍十分感激這個機會。

在探索每個角色的血肉期間，我愛上了研究榮格的心理學，當中一些原理來自現正大流行的MBTI的始祖。它的宗旨正是我所信仰的「天生不同」，每個人都有屬於自己的畫布。每個個體都是思考與情感的結合體，雖然每個人的發展道路獨一無二，但相似類型的人往往會有相似的軌跡。我們人生的考驗，就是如何在自己專屬的路上變得更完整更平衡，使最原始的英雄更閃閃發亮。

作為領導者的Ω，他的渴望是用自己的雙手改變世界，讓世界變成他所期望的模樣。為了達到這個目標，他不惜犧牲其他的生命和情感；作為思考者的賽恩，在接觸藝術的經歷之中學習到情感價值，明白情感才是最能傳承和影響其他生命的要素，才能把自己的思考分享給他人。

希望每位讀者，也可以在這些角色身上某些部份看到自己，並找到屬於自己的答案。希望未來的日子裡，大家都能在自己的路途上，找到那份屬於自己的堅持與熱情，和那份有別於AI，作為「人」的價值。

此外，也祝願我們在五年前開創的這條創作路徑，可以繼續以更多新形式，開花結果。最喜歡小偵探了！

主筆
楓風
×
繪畫
魯賓尼

總監修 STEM Sir
×
原作 智慧老人

進入 ω 世代！展開 STEM 新冒險！

四位 STEM 特攻少年少女進入建築業零碳天地，探查再生能源系統危機之謎。過程中，他們意外遇上一位格格不入的少年 A！

A+ STEM 特攻

STEM 少年偵探團

5 地獄火海的紅色惡鬼

總監修 Chief Supervisor · STEM Sir
原作 Author · 智慧老人 David Cheung
漫畫編繪 Artist · 多利 Dolly Lee

stemjr2018

出品人 Publisher / 鄭君任 Lawrence Cheng
出版 Publish by / PLUG MEDIA SERVICES LIMITED
地址 Address / 香港九龍灣宏開道19號健力工業大廈3樓8室
Flat 8, 3/F, Kenning Industrial Building,
19 Wang Hoi Road, Kowloon Bay, Hong Kong
電話 Phone / +852 6818 3010
電郵 Email / Editor@PlugMedia.hk

創作 Created by / NOLELLAND LIMITED
電郵 Email / mynovelland@gmail.com

印刷 / 新世紀印刷實業有限公司
香港區總經銷 / 泛華發行代理有限公司

初版 1st Printing / 2024年8月
定價 SRP / HK$98
ISBN / 978-988-76460-5-1

Published in Hong Kong SAR

本書如有缺頁、破損或裝訂錯誤，請寄回本公司更換。
